JN093071

あらためていま母を想う Ⅸ

親を考える会　近藤昌平　編

英智舎

『あらためていま　母を想う　Ｖｏｌ．９』刊行によせて

母について語るとき、人は誰しも饒舌になります。あんなこと、こんなこと…。母子の数だけドラマがあるのです。笑った顔も、泣き顔も。

本書では、各界でご活躍の一〇一名が「おかあさん」について語っています。ページをめくると、そこには各人の人生があります。

おもしろいことに気がつきました。母について語るとき、著者の皆さんがビジネスシーンでは見られない、朗らかな雰囲気をまとった、にこやかな表情を浮かべるのです。そう、それはまるで「おかあさん」と話すときのように。

『あらためていま　母を想う』シリーズの刊行は、一九九五年に遡ります。以来、毎回一〇〇人を超える方が著者となり、玉稿を寄せてくださいました。

「次回はいつ刊行ですか？」「私も書きたいのですが」そんな声を受けて刊行を重

ねていくうちに、本書の刊行で、シリーズの執筆者は一千人を超えました。
私が今日までこうして生きて来られたのは、人様に恵まれたからです。そしてそれは、わが母より受け取った「ご縁を大切しなさい」という教えを、ただただ実行してきたからに他なりません。すべては母のおかげなのです。

本書の表紙にある絵は私の妻、千恵子がデザインしたものです。
一〇一名の方の「おかあさん」への想いが詰まった本を家族とともに作り上げることができたこと、そして多くの方とのご縁で本書を刊行できましたことに、心より感謝申し上げます。

なお、本書に掲載されている年齢および年号等は二〇二三年執筆当時のままとしました。

令和五年一二月一日　編者　近藤　昌平

親を考える会　近藤昌平　編　あらためていま 母を想う　Vol．9　もくじ

あらためていま母を想う IX

親を考える会　近藤昌平　編

母からの伝言

美容室comb garden オーナー
愛知　和子

私の母は二年前、八七歳でこの世をさりました。
私は美容師を目指し高校卒業と同時に家を出ましたが、一八年間育ててくださった母は、私の記憶に座っている姿がないほどよく働く人でした。
私の父は体も心も弱く仕事も休みがちでしたので、子供三人を育てていくのはとても大変だったと思います。
時代背景もあると思いますが厳しい姑と、男尊女卑の父に仕えて苦労した母は私達に「手に職をつけなさい」といつも言っていました。母の苦労を見てきた私達にとって何よりも説得力のある言葉でした。

母は祖母から「今は大変でもいつか必ずいい時が来る」と言われたことをいつも私達に話していました。今思うとその言葉が母にとって唯一の希望だったと思います。

母が亡くなった時、仕事や育児に追われ、母との時間をもたな

母と最後に行った初詣

かった自分を責めたり悔やんだりしました。
母は幸せだったのかどうか聞くこともできないままの別れでした。

今回有難く「母を想う」の寄稿のお話しをいただき、何を書こうかと考えて簡単な下書きを終えた夜、私が本稿を書こうとしていることなど知らない主人が突然、

「そう言えばお母さんの隣の家のおばさんが、お母さんは苦労したけど晩年とても幸せそうだったと言ってたよ」

と！

とても偶然とは思えない言葉に驚きましたが、いろんなタイミング、粋な計らいを経て、ちゃんと幸せだったよと伝えてくれたのかなと思います。

おかげさまで改めて母を思うことができたこと、思いは必ず叶うよという母からのメッセージを受け取れたことに心から感謝いたします。

気丈夫な大正生まれの母

ALSOK　特別顧問（前社長）
青山　幸恭

大正一四年生まれの母は今年（二〇二三年）三月で満九八歳。大正・昭和・平成・令和を生き抜いてきた。

大阪生まれで高等女学校卒業後は勤労動員と疎開の経験者。小さい頃実母を突然亡くし、厳格な事業家の父親と優しい後妻に育てられ、終戦後教会に通って洗礼を受け、知人の紹介で父と結婚。暫く八尾の実家近くに住み、姉と私が生まれ舅姑と同居。鎌倉に転居してからも、小学校が夏休みになると姉と私を連れて実家に帰るのが恒例であった。

子供の頃は小児喘息で母の背中に負ぶさり医者通い。抜本治療のため小学校を午後から休み、藤沢までバス、小田急江ノ島線で相模大野。今では想像できないが駅前バス乗り場は未舗装で轍が深かったこと、待ち時間に本屋で模型雑誌を買ってもらったことなどを覚えている。母親というものは心配性なのか、中学になってもコンサートや遠くの模型屋に行くのに、わざわざ付いてくるという有様であった。

私が大学を出て官庁に入った時も、霞ヶ関までやってきて役所の門を撮影する親馬鹿ぶり。もっとも家内を見るとやはり子供に

オリンピックが延期された
2020夏の江ノ島で

対する母の立場は本当に強い。家族とはそんなものかもしれない。

父が七三歳で逝去後は暫く一人住まい。私が和歌山勤務時は正月に勝浦温泉に呼び、その後東京勤務に戻って以来二世帯住宅で同居。家内には大変な手数をかけて申し訳なかったが、心臓や骨折手術で入退院を繰り返し、再手術後は安心できる病院にようやく転院することとなった。

私自身が退官して民間警備会社に来てからは、警備現場を通ると息子の会社と関係がなくとも「有り難う」と心で頭を下げていた模様。現場で働く人の大切さを自ら示してくれた感がある。

本人が比較的気丈夫なのは身近な死を経験しているからか。大正生まれの日本女性、戦争を経験し、また小さい頃実母を、四半世紀前に最愛の夫を亡くし、更に三年前に私の姉である自分の子が先に旅立った。本心は寂しく悲しかったはずだが、その事態を受け入れるという信仰の強さが母らしい。

コロナで面会もできなかったが、転院後会いに行くと嬉しいことに少しずつ記憶が戻ってきている。残された時間は穏やかな生活を引き続き送ってほしいもの。

母の犬のしつけかた

参議院議員　日本維新の会
石井　苗子

我が家には犬がいた。父がある晩、酔った勢いで血統書付きの子犬を持ち帰ってきてしまった。

見ると、日本犬「陽春雌号」と号が付いていた。陽春雌の真ん中の文字をとって、春（ハル）と名付け、家族中でかわいがった。我が家で一番身元がハッキリしているよ、などと笑いながら頭をなぜて、特別に大事に育てた。とりわけ病身だった妹は、会話ができると自慢するほどだった。

夕方の決まった時間になると、ハルが鼻を鳴らして吠え始め、しばらくすると中学から私が戻ってくる。私は当時、広島県の中学に通っていて、学生のほとんどが、自転車通学だった。冬になると、部活後の下校は、どっぷりと日が暮れることもあった。

家の物置の横に犬小屋があり、自転車は物置に入れていたから、ハルは私の匂いを把握していると確信した母が、ある日、私に犬紐を持たせ、夕方ハルが鳴き始めると犬小屋からハルを解き放った。

遙かかなたから、耳を後ろに倒した大きな犬が猛スピードで走ってくる。身体が斜めになったように走ってくる。

父の転勤先広島県福山市
私は中学１年生、愛犬ハルと

それがハルであることを確認した私は、母が何をしようとしていたのか、すぐにわかった。

その日からハルは毎日、私を迎えにきて、自転車の横で一緒に走って家に帰った。痴漢の心配もなく安全に帰宅することができた。

今なら絶対に許されないことでしょう。田舎だったからできたことかもしれない。大きな犬のお陰で、私は下校時間がどんなに遅くなっても、危ないことにかかわらずにいられた。とにかくハルが走ってくることが愉快で楽しかった。


高校入学と同時に私だけ広島を離れ、母とは中学卒業の一五歳までしか、暮らしを共にできなかった。早くに病死してしまった母とハルの思い出は、宝物のようだ。もちろんハルも、もういない。

あらためて今、母を想うと、勇敢で茶目っ気があり、娘の安全を祈る母のアイデアと決断に、感謝して胸が熱くなる。父はこのことを全く知らずに天国にいる。母から聞いてさぞ驚いているこ とだろう。

コンビニ石黒

奇跡のアーティスティックスイミング日本代表
石黒　由美子

御年六七歳。孫が三人いて、世間的には【お婆ちゃん】のはずですが、私の母の場合、【妖精】と言いますか、私たち子どもたちの想像を少し超えた存在かなぁと思っています。

見た目は、小柄で、華奢で、足どりの軽さは空を飛んでいきそう。何より、どんな時も明るく、いつも機嫌のいい母です。

【コンビニエンス石黒】の由来は、幼少期を過ごした二階建て安アパートに遡ります。

お世辞にも綺麗とは言えない我が家には、ひっきりなしに人がやって来ました。母の友人や子育て仲間、ご近所さん、父の友人、子どもたち。まるで「フーテンの寅さんの実家の草団子屋」のよう。人でごったがえして、四畳半の床が落ちてしまったことも。

現在、母は名古屋市で英語塾を経営し、自ら教えていますが、昔と何一つ変わらないのは、面倒見の良さ。三六五日、人の世話を焼いています。

母に悩み事などこぼそうものならスイッチが入ります。とことん話を聞き、一緒に悩み、一緒に泣き、なんとか元気になってもらおうと、あらゆる手を尽くす。

オリンピックを経て、競技を引退後、初めて母と写真館で撮影しました

いつぞやは真夜中の電話で叩き起こされた母なのに思いっきりの笑顔で話していたことも。〝そこまでしなくても〟というのは私たちきょうだいの気持ちです。

さらには、一度ご縁を結んだ方のことは決して忘れず、繋がり続ける達人です。

季節ごとに絵葉書を出し、近場にはお裾分けを持って直接会いに。スマホになってからはママにＬＩＮＥを送っています。

「過ごしやすい朝ですね」

「一段と冷えますね」

「お体ご自愛くださいね」……。

そんなやり取りを何十年も続けています。もちろん返信がなくても。

そんな母のもとへと、今もたくさんの方が遠方からも我が家まで足を運んでくださいます。

人の前を明るく照らす二四時間営業の母は、私にとっても、心の拠り所であり、絶対の安全地帯でした。

きっと誰にとっても母という存在はそうなのかなと思います。

母
与え続け
支え続ける人

稲毛神社　宮司
市川　和裕

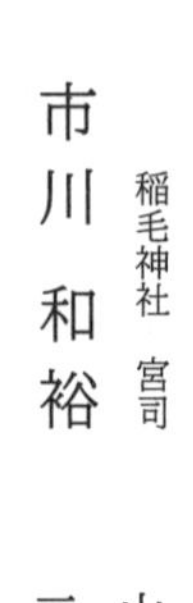

まず、私の母は現在八一歳で健在である。存命且つ健康な母について書くのは難儀なことを今まさに実感しているが、この歳まで親孝行らしきことも出来ず過ごしてきた身を省みて、罪滅ぼしを兼ねて引き受けることにした。

母は昭和一七年に小田原市で草山家の長女として生まれた。草山家は代々が報徳二宮神社の宮司職を務める家柄であるが、母が三歳の時にその父親を亡くした。その後は、母の母、つまり私の祖母が一念発起して神職の資格を取り、全国初の女性宮司となって神社を守ってきた。

敗戦後の激動期に斯様な状況、所謂一般家庭の様な分かり易い形の愛情は受けにくかったかもしれない。それでもなのかそれ故なのか、母は健やかに逞しく育ち、成績優秀で運動神経抜群、高校時代は進学校にありながら軟式テニスで国体に出場し、暫くは伝説の先輩として語り継がれていたそうだ。

大学は神職資格も取得出来る國學院大學へ進学し、やはり優秀な成績で卒業した。そして二五歳の時、神奈川県川崎市で稲毛神社の宮司職の家系である父と結婚した。いとこ同士の近親婚だっ

父がロータリークラブでガバナーになった際に撮った写真。長い間父を支えてきた母が嬉しそうな表情をしているのが印象的

た。巷で多く語られる近親婚の危険を措いても神社子弟同士で結婚する、古い業界故にそんな仕来りがあるのかと思う方も有るかもしれないが、今も昔も特にそんな決め事がある訳ではない。父も小学生でその父を亡くしていたから特別な親近感はあったのかもしれない。何れにしても結婚四年目で長男である私が生まれた。

家業の関係で運動会や授業参観等には中々来ることが出来ず、家族旅行の頻度も少なく期間も短かったと記憶しているが、両親の努力と周囲の人達の助けもあり、その他は特に一般の家庭と変わらずに育てて貰ったように思う。

私が、若さ故に神社界に勤めたくないと言った時の母の寂しげな顔は忘れ難い。結局、私は神社界に入り、鶴岡八幡宮で一〇年お勤めした後に稲毛神社へ戻ることとなるが、戻ってきて改めて母の生活と人生を考えてみると、生活そのものが神明奉仕であり、父や私を始めとする家族に留まらず周囲の人々に至るまで、惜しみなく与え支え続けた人生であったと思う。

今までもこれからも母は私の人生の指標である。元気に長生きして貰いたい。

いつも、さりげなく導いてくれた母

株式会社ジャパンシーフーズ
代表取締役会長
井上幸一

母はとても芯が強く、細やかな気配りができる人でした。私は、独立するまで父の経営する鮮魚販売店の一店舗を任されました。二〇代の血気盛んな頃で、店の従業員に対して「雇ってやっている」という考えを持ち、高圧的な態度で接したため、耐えかねた従業員が次々と辞めていきます。代わりを補充しますが、また辞めてしまうという繰り返しで、どうすれば良いか壁にぶつかっていました。

この時、母は一冊の本をくれました。松下幸之助氏の『素直な心になるために』です。

母は、

「自分が素直になれば、環境も変わる。自分が変われば相手も変わる」

と常々語っていましたから、そのことを幸之助氏の言葉を通して伝えたかったのだと思います。本を読んで間違いに気づき、私は考え方を変え従業員を大切にするように努めました。おかげで、店の中も落ち着きました。母は、私の間違いを指摘するのではなく、私の性格を見ぬいて、本を渡してくれたのだと思います。

孫とのツーショット

えてくれました。母は、人に何かを与えることと、喜んでもらうことの大切さも教えてくれました。

父の会社で働いている頃、毎年お中元やお歳暮時期になると、母が取引先だけでなく従業員にも品物を贈っていました。しかし、従業員から贈り物をするのが常識だと思った私が「逆ではないかと」母に尋ねると、「従業員あっての会社だから、従業員の労をねぎらうのは当たり前」と教えられました。

「自分が変われば、人も変わる。会社が従業員を大切にすれば、従業員は喜んで働いてくれる」

ということを母は私に示してくれたのです。母はいつも、さりげなく私を導いてくれていました。

私は三九歳で自分の会社を創業しましたが、経営理念の基本方針で一番目に掲げているのが「従業員の物心両面での幸福の追求」です。お中元とお歳暮も従業員に贈り続けています。

おかげ様で、定着率もよく、今では二〇〇名余の従業員に恵まれています。

母の教えは、今も会社の成長を支え続けてくれています。

私のお母さん

アントニオ猪木実弟
猪木　啓介

私の父は自分が生まれた次の日に亡くなっており、親父の記憶は一切ありません。

一一人きょうだいの末っ子としてお袋に守られ育ったわけです。

私が九歳の時、一家そろってブラジルに移住したのですが、それは我々が想像していたこととは全く違い、大変厳しい生活に立ち向かわなくてはなりませんでした。

その中で一番つらく、苦労をしたのはお袋だったと思います。「日本にいればこんな苦労をせずに済んだのに」と、私も子供ながらにお袋が隠れて泣いている姿を何度も見かけました。

三年間で農業生活を終え、サンパウロの町へ一家そろって出て、今度は町での生活がスタートしたわけですが、その時は男五人と女二人の七人きょうだいとお袋の八人家族でした。

お袋はきょうだいの食事から洗濯、掃除（今のように電化製品な

ブラジルから取り寄せた希少な母との写真

どはない頃ですから）と、姉たちも手伝ってはおりましたが、ほとんどお袋が担当して家事をしておりました。言葉も分からずよく買い物などへ行けたなと思います。

今考えると、自分はお袋に心配ばかりかけて少しも親孝行らしいこともせずに過ごしました。

三五年前にお袋はブラジルの大地で七九歳の人生を閉じてしまいました。

もう少し頑張っていてほしかったと思います。

葬儀には兄貴（アントニオ猪木）も日本から駆け付け、私たち兄弟姉妹七人で見送りました。

お袋には申し訳なく思う気持ちと、兄弟姉妹を育ててくれたことに感謝の気持ちでいっぱいです。

今になって言っても遅いですが、お袋には心から、

「お母さんありがとう」

の言葉で締めくくりたいと思います。

今どん底にいるおかんへ

岩瀬コスファ株式会社
代表取締役社長
岩瀬　由典

本来のおかんは、周囲に元気をあたえてくれる陽気で素敵な母親です。その屈託のない微笑みは、まるで天使のようなあたたかさがあり、だれもがその魅力に引き込まれます。

しかし、今年おかんは一変しました。最愛の夫を失ったからです。心から愛していたひとを突然失ったおかんは変わってしまいました。

どれほど今、つらく、苦しい日々を過ごしているか、どれほど今、おかんが孤独を感じているか、わたしは知っています。

しかし、おかんはひとりではありません。わたしたちがおかんを支えます。ともに未来にむけて歩み続けていく家族です。お互いに助けあい、支えあいながら、わたしたちはこの悲しみから立ち上がりたいと思っています。

「試練はひとを強くする」といわれますが、もともとおかんは強く、なにごとにも前向きな女性でした。この苦しみを乗り越える力をもっていると信じています。

ときには、泣いていいのです。心の重荷が少しでも軽くなるなら、もっとわたしたちにも甘えてください。どんなときも、おか

2001年沖縄
初孫1歳と家族旅行
主人との大切な想い出です

んを支えていきたいと心から願っています。

どうか、どんなにつらくても、希望をもってください。とても大切なひとを失った悲しみは永遠に続くかのように思うかもしれませんが、ときが経つにつれ、少しずつおだやかな気持ちになれる日がもどってくるはずです。

わたしたちは家族として、おかんを支えるためにここにいます。わたしたちの絆は、これからも永遠に続くでしょう。よき話し相手として、よき相談相手として、よき理解者として、わたしたちはいつもおかんのそばにいることを忘れないでください。

どんなときも、おかんはわたしたちにとって偉大で、尊敬すべき大切なひとです。これまでのようにおかん自身がもっと輝き、もっと幸せになれる日が必ずくると信じています。わたしたち家族は、おかんの幸せを心から願っています。

心から愛を込めて。あなたの息子、娘たちより。

似た者同士

株式会社キャリアコンサルティング
岩村　岳

私の母に対する印象は〝真面目で不器用〟そんな印象だ。

私の実家は家業を営んでおり、昔ながらの頑固な父のいる家系、そんな感じだった。母も家業を手伝いながら家事を行い、日々とても忙しそうにしている姿が印象に残っている。なんでこんな家に母は嫁いだのだろうかと思ってしまうくらいな印象を抱いたことも覚えている。

だからなのかはわからないが、改めて母との思い出を振り返ってみると正直そんなに際立った思い出はない。二人で真面目な話をしたこともほとんどないし、物心ついてからどこかに遊びに行った記憶もない。ただ、私が行っている物事のサポートを常にしてくれていた。

小学生の頃に始めたバスケットボールでは、日々の送り迎えや食事、様々な面で支えてもらった。特に高校生になってからは毎週のように遠征もあったが、そこに毎回ついてきてくれていた。

特にその試合に対して何かコメントをする訳ではないが、時折試合中に聞こえてくる、母の普段は聞いたことのない大声が印象に残っている。

バスケットボールに
打ち込む姿

大学生になり実家を出てからは、お盆、年末の合わせて五日程度しか実家に戻らなくなった。

会うたびに姿は老け込んでいくが、高校生の頃と変わらない量の御飯が出てくる気合いの入った食卓が、「実家だなー」という感じがしてとても好きだったのを覚えている。

社会人になり、コロナが流行した。そこから二年半、東京で働いている私は実家に戻れなかった。そんな時、父が持病で急死した。

久々に実家に帰り、初めて母と向き合ってしっかりと話をした。母の思いも初めてその時に聞けたような気がする。

頑固な父だったので、母を褒めることなどなかったが、亡くなる前日に初めて褒められたと、とてもうれしそうな顔をしていた。その姿を見て、母に支えてもらってきた自分から、支える側にならないといけないと感じた。

親はずっと一緒にいられる訳ではない。

想いを形にして返していく。

母の愛情表現

P&Cプランニング株式会社
代表取締役
NPO法人ウィッグリングジャパン
代表理事
上田あい子

母は、五人きょうだいの四番目、警察官の娘として、恵まれた環境で育ちました。

学生時代は警察官である父親（私にとっては祖父）の仕事の事情があり、下宿生活で気を遣う日々の苦労があったようです。

なかなか結婚をする気にならず（お見合いではいつも人気だったらしい）、独身のまま両親の故郷である大分の国東に一緒に帰って生活をする予定だったとか。一緒に暮らせるように母の部屋も準備していたところで父と出会い、一九七三年に結婚。祖父母は一安心したと聞いています。

高度経済成長期を生き抜いた時代。父の転勤の度に家族で引っ越しをし、新しい土地で子育てをしていくには大変な苦労があったと思います。しかも三人のこどもを育てながらです。

私たちきょうだいはたくさんの習い事をさせてもらいました。当時は〝させられている〟という認識で、迷惑なプレッシャーと感じていましたが、ピアノに習字に英語に絵画、公文教室……、家庭教師もついていました。

毎年恒例となっている
家族写真

サラリーマンの家庭で三人のこどもにこれだけの習い事をさせることは経済的にも厳しかったはずです。自分が親になった今となっては感謝の気持ちしかありません。

母のこどもへの愛情表現は、将来、大人になって視野を広げるために学ぶ機会を作ること、そして、もう一つは手料理です。キッチンに広がったまな板と包丁と野菜やお肉……。いつも温かい料理を出そうと塾帰りや部活帰りの時間に合わせてご飯の支度をしてくれました。

家族の生活時間に合わせて食事の準備をすることが、どんなに大変なことか。

しかし、気付けば私も息子に対して同じようなことをしているのは、母の愛情表現を受け継いでいるのかもしれません。

家族ファーストで五〇年。

家族に対する強めの愛情表現も時々ありますが(笑)、もう少し手を抜いてもみんなに愛情は伝わっていると思うよ。

いつも愛情をありがとう。これからもよろしくね。

母から受け継いだ「やり過ぎ精神」

株式会社ビジネス・コミュニケーション
代表取締役
宇野　秀史

年を重ねるにつれ、いろいろなところで両親に似てきたことを自覚するようになりました。人に優しくしたいと強く意識するようになったのは、私が両親から優しく育てられたからだと思います。

母についていえば、優しくて人が良過ぎるという表現が一番しっくりきます。自分が相手に対して「こうしてあげたい」と思ったことに対しては、やり過ぎだと思えるほどです。

例えば、人をもてなす場面があると、必要以上に料理を出したり、物をプレゼントしたりする。私が学生の頃、友達が家に来るとお菓子や果物などいろんな物を部屋に運んでくるので友達も驚いていました。

大人になっても、実家に帰ると野菜やお菓子、ビールなどいろんな物を持たせてくれます。時には、金銭まで。要らないと拒否しても、既に、本人はプレゼントモードに入っており、頑として受け付けません。

とにかくまっすぐで、自分のことより人のことを優先する、そんな人です。

両親からは優しく育てられた

こうした母の一面が、そのまま私に引き継がれたように感じることが多くなりました。私も「人が良過ぎる」とか「サービスし過ぎ」だといわれるほど、人が喜ぶならと後先を考えずに行動したり、人に何かをプレゼントしたりしてしまうところがあります。

一時期は、こんな調子で良いのか、大人として、成果や利益を上げるためには、もっと駆け引きが上手くなるべきではないのか、と思い悩んだこともありましたし、周りからもそのようにアドバイスされていました。

しかし、今になって分かったことは、社会的な地位や年齢などに関係なく多くの人たちとご縁ができたのは、こうした母の「やり過ぎ精神」が私を助けてくれているということです。

特に、五〇歳を過ぎてからは、この「やり過ぎ精神」が、人間関係を深くする力になってくれていることを強く感じるようになりました。

この「やり過ぎ精神」は、これからも私自身の道を切り開く力になると思います。

母からもらった無形の財産の有難さに感謝しています。

強靭な母に感謝

株式会社アトリエ香　代表取締役
浦岡　香

私は、母が泣く姿を一度も見たことがない。

母は満州生まれの八二歳。技術職特別待遇を受けていた駐在員の家族として恵まれた生活を送っていたが、終戦を迎える。一家で引揚げ船に乗り、命からがら福岡に戻ったのだが、満州から送金していたはずの生活資金は届かず、わずか数年後、祖父は他界。遺された祖母と母と母の弟三人は、貧困極まりない生活だったようだ。

商業高校を卒業後、就職。父と知り合い結婚して、姉と私の二人の娘を出産した。父は高身長で色男。水産加工の商売も順調で、モテないはずはなく、私が物心つく頃には、よその女性の所へ行っていて、私には父と生活した記憶がほとんどない。私が小学校に上がる頃、正式に離婚が成立したようだ。母はシングルマザーとして、祖母と私たち姉妹の生活を背負うことになるが、父との生活の終わりを予測して資金を蓄えていたとのこと。強靭な根性の持ち主である。

そのおかげで私たち姉妹は、中学から大学まで私立学校に通い、私には日本舞踊や書道など、習い事をさせてくれた。

孫にご馳走してもらって、
嬉しそうな母

私は日舞が得意で大好きだったが、母に先見の明があったのか、今後の日舞にかかる費用を計算したのか、突然、「香ちゃん。小学校に入ると忙しくなるから、踊りは辞めて、お習字を頑張りなさい」と言い渡した。この日の衝撃は、今でも鮮明に覚えている。あれから約五〇年。私は書道家として生計を立てている。教室事業も順調だ。二六歳で起業した別事業は、来年三〇周年を迎える。困難も乗り越え仕事ができるのは、人生の節目に発してくれた母の一言のおかげだ。

五〇代で共同事業が失敗。苦境に立たされても母は泣かなかった。毎月の生活資金を渡す時、美味しい食事をぺろりと完食する時、母はこの上なく嬉しい顔をする。母が余命を豊かに暮らせるよう、仕事に邁進しようと思う。逞しい娘に育ててくれてありがとう。

母が泣く姿はこれからも見たくない。

人生を変えた言葉との出逢い

会社員
大川 飛鳥

私は小学生の時に家庭が崩壊、両親が離婚し、父親の元で育った。母親を「お母さん」と思ったことはほとんどなかった。

私は大学三年生になり、文化祭に向かっていた。その時、「飛鳥」と声をかけられた。振り向くと母親の姿があった。

十数年ぶりに母親と会った。文化祭には多くの人がいたにも関わらず、その人たちの姿は消え、母親と私だけの黒い空間となり、走馬灯のように家庭が崩壊した時の風景が現れてきた。やがて、黒い空間は消えた。

母親が私に「話がしたい」と言い、人の少ない場所に移動した。「なぜ、ここにいるのがわかったのか」と聞くと、インターネットで私の名前を検索し、大学がわかり、文化祭に来ているのではと思ったという。

母親は何度も謝った。「本当に辛い思いをさせて、申し訳ない。ごめんなさい。ごめんなさい」と。母親は自身の電話番号を渡して、「よかったら電話してほしい」と言った。

母親と別れた後、私は悲しみ、驚き、様々な感情が湧き、ぼろぼろと泣き、人のいない所に逃げた。だが、私は母親が許せず、

結婚前、お付き合いをしていた奥さんを母に紹介した時の写真

電話をしなかった。

数カ月後、私は就職活動をしていた。

就職活動でお世話になった株式会社キャリアコンサルティングの室舘勲社長からある言葉を頂いた。

「誕生日は産んでくれたお母さんに感謝する日」

頭の中枢が何かから目覚めるような衝撃が走った。

子供を三人も産んで、十数年も会えない母親の心境は想像のつかない苦悩と悟った。ここまで育ち、母親に感謝を伝えられなくていいのだろうか、そう思った。そして、母親に電話をした。電話に出た母親は「飛鳥なの……飛鳥なの……」と涙にかき消されながらの声だった。

以来、私は弟達二人を母親に会わせた。母親は兄弟全員と仲が良く、最近では兄弟の奥さんとも仲が良い。

今では母親の人生経験が、私達の夫婦生活を充実させるための良いアドバイスになっている。

大切な母親のため、今までできなかった親孝行をしていきたい。

病室で会社経営を学んだ母

株式会社大賀薬局　会長
大賀　研一

母は、父をとても尊敬し、私や二人の妹に惜しみなく愛情を注ぐ優しい人でした。

母を想うとき、必ず優しく微笑む母の顔が浮かびます。家族だけでなく、従業員の皆さんにも、もちろんお客様や取引先の方々にも優しく接する母の姿がいつもありました。

一方で、芯の強い女性でした。

子供の頃から水泳が得意で、高校生の頃は大きな大会に出場するなど快活でした。卒業後は、東京の帝国女子医学薬学専門学校、現在の東邦大学薬学部に進学。戦時中のことですから、これだけでも芯の強さが想像できます。

父は、祖父が創った会社の二代目として経営にあたっていましたが、私が中学三年の時に五一歳の若さで他界してしまいます。父が病気で入院すると、母は幼い子供たちの世話をしながら病院に通い、さらに会社の経営にも携わります。

薬剤師としての経験はありますが、経営はまったく分かりません。母は、病室で父から商いや経営について話を聞き、必死に学

当時珍しかった女性の薬剤師になる

びました。その頃、書き留めたノートは三冊にのぼりました。

父が亡くなってからは、三代目社長として母が経営を引き継ぎましたが、そのノートこそが経営のバイブルとなったわけです。

父の願いは、当時としては珍しかった「調剤薬局」の展開と「化粧品」の取り扱いでした。医薬分業という考えが浸透していない時代です。それでも、父の願いを実現したいと、医療機関に日参し理解していただくよう努め、一〇年間で五店舗の調剤薬局を開設するなど、調剤事業に情熱を注ぎました。


当社は現在、福岡を中心に一〇〇店舗余を出店していますが、半数以上は調剤薬局です。母が作った調剤事業は、わが社の大きな柱となって会社を支えています。

もう一つの「化粧品」の取り扱いは、母の跡を継いだ私が四代目として取り組み、一つの柱に育てることができました。

父が願った調剤薬局と化粧品事業を母と私の二代で作り上げることができ、少しは父に恩返しができたのではないかと思っています。

おふくろの涙と乳房

アールヴィヴァン　代表
大須賀　広士

海軍工作兵出身、昭和二年生まれ、頑固床屋職人の父親。

産みの親を知らず、育ての親元から独立し、手に職を持ったため、苦労して床屋になった母親。

各種理容大会で優勝し腕の良い父が嫁さんに選んだのは、器量愛想が良くお客さんに評判の母でした。

そんな両親の息子に生まれ、幼い頃からお店の手伝いをしており、小学校五年の作文には「大きくなったらお父さんのような床屋さんになってたくさんの人のカットをする」と書いたことも。

その作文を母は大切に大切にしていました。

中学高校と反抗期真っただ中の私は、学校謹慎、自宅謹慎を繰り返し、心配する母と口論し、手を出して倒してしまいました。

「私の産んだひろしじゃない！」

と泣き崩れる母を背に、涙溢れる。

高校卒業と共に理容学校の通信科も卒業し、美容学校へ入学。

二〇歳で大阪へ修行に旅立つ日、心配と期待と寂しさで母は涙。

六年間の修行を終え、続けて地元名古屋で四年間修行ののち、晴れて店を新装開店。地元で評判の床屋は更に理美容の繁盛店に

小学校入学式。大好きな母が
見立てた装いで、はにかみながら

なり、顔剃りが得意な母は、孫の世話から従業員併せて一〇人前の食事も賄い、助けてくれました。

両親を楽させたい想いで働き、店を拡張移転しましたが、そこから父が癌になり、新店の成功を見届けて他界。同時に母が認知症になり深夜徘徊を重ね、施設へ入居。

介護士さんから「ひろしさんの名前を出すと、お母さん誰よりも喜んで笑顔になります」と聞き、暇を見つけ会いにいけば、

「今日は休み？　仕事は大丈夫？」

と必ず聞いた母。

ある日の入浴時間に、初めて母の身体を洗ってあげた時、少し恥じらいながら、

「ひろしがいっぱい吸ったオッパイだよ」

の一言に、愛おしさと、申し訳なさと感謝で涙溢れる。

「好きな仕事、奪ってごめんな」

仕事人・母が亡くなったのは、仕事納め後の大晦日でした。

技量は親父から、愛情はおふくろから
人生は親心を知る旅である

母が、その後ろ姿で教えてくれたこと

一般社団法人日本輸入ビジネス機構
理事長
大須賀 祐

出張でドイツにいる私に、突然鳴った弟からの電話は、驚きに満ちた内容だった。お袋が、トイレに倒れているというものだった。すぐに病院に搬送を指示し電話を切った。すぐにでも、日本に帰りたいと思った。しかし、すでに私は、ドイツで開かれる展示会での商談指導のために、日本から一〇社以上の顧客を連れてきてしまっているのだ。彼らを残して帰ることはできない。

一〇年前、私は、故郷会津に一人で住んでいる母を東京に呼び寄せた。

もっと私が、支えになってやるべきだったのだ。

人と交流がない寂しさや孤独感からか、気づいた時は、もう認知症が進んでいた。

しかし、私は忙しさを理由に、その症状を見逃してしまった。

私は、そのことが、今でも後悔してもしきれないのだ。

薬局の長女として生まれた母は、父と二人三脚で商売の道を歩んできた。人当たりのいい、商売向きの母だとずっと思っていた。人間好きだと思っていた。

だけど、本来の母はシャイで、もの静かで、一人でいるのが好

「祐と一緒に写真とるなんて、何年振りかねぇ」と、母は照れて笑った

きだったのだ……。

それなのに、独り住まいは危険だと、施設に入れることを私は選んだ。本来は、一緒に住んであげるのが一番いいと思いながら。

心が痛んだ……。

でも、その心を察してか、母はいつも、こう言うのだ。

「私は、こんなところに住まわせてもらって幸せだよ。みんなと楽しくやれてるから」

私が、一緒に住めない事情を察しているかのように。でも、それは、明らかに私を気遣った嘘なのだ。

施設の人から聞いて、私は知っているのだ。いつも、一人で部屋にこもっていることを。そして、こう言うのだ。

「私は、自分に起こること、すべてを受け入れるの。だから、おまえは、おまえで、おまえの人生を、一生懸命生きていくんだよ。私は、十分幸せよ。だから大丈夫だから……」

私は、今を幸せに感じて一生懸命生きる……。

それを教えてくれるのは、母だ……。

私は、もう涙がとまらないのだ。

母を想う

株式会社ケッズトレーナー
代表取締役
大竹　健一

子どもの頃、私は頭を刈るのが嫌いだった。床屋が大っ嫌い。近所の子どもたちはみんな同じ髪型、坊ちゃん刈りで統一されていた。

福島県南会津、山奥でその床屋を営んでいたのが私の母である。いつも明るく元気な母は私の友達をみんな坊ちゃん刈りにし、早朝から深夜まで多くのお客さまの散髪をしていた。

休んでいる記憶はない。「明日は大事な日なので髪を切って欲しい」と夜遅く訪ねてくるお客さまに嫌な顔ひとつせず散髪していた。

当然息子の私は一人で夕飯を食べることが多く、それが当たり前とも思っていた。子どもながらに絶対床屋にはならないと心に決めたのもその頃だった。八歳違いの妹も同じ考えを持っていたようだ。

あれから五〇年、気づくと私は母と同じことをしていた。何をおいてもどのような状況でも治療家としてたくさんの患者さまを優先し明るく元気に施術をしている。

治療家として育ててくれた師匠はいるが、人生すべての師匠は

お揃いの洋服を着た、母と幼い頃の私

母親だった。同時に母の在り方が私をここまで成長させてくれたのだと感謝の気持ちでいっぱいになる。

先日、弊社の一〇〇人の治療家とともに創立三〇周年を迎えることができた。社員はもちろん多くの患者さま、多くのクライアント、たくさんの良きご縁に恵まれている。その根底にあるのが、明るく元気に楽しく仕事をする母の笑顔だった。

実は妹も、朝から晩まで明るく元気に子どもたちのために保育園を営んでいる。

私と妹が継がなかった母の床屋では今、子どもの頃から家族のように育った隣のお姉ちゃんが、明るく元気に多くのお客さまの髪を切っている。そして一人で生活している母を自分の母親のようにお世話してくれている。

安岡正篤先生の言葉、

『世に母の徳ほど尊く懐かしいものはあるまい。母は子を生み、子を育て、子を教え、苦しみを厭わず、与えて報を思わず、子と共に憂え、子と共に喜び、我あるを知らぬ』

ここに改めて母を想う。かあちゃんありがとう!

涙脆く優しい母

元東京金融取引所　社長
太田省三

母について、ここで特筆すべきエピソードの類はない。それは、母と私が平和で幸福な日々を過ごしてきた故（証左）と考えられる。

母は、九年前の平成二六年に九四歳で亡くなったが、早くして逝った父と比べ長寿を全うした。

私の両親は、太平洋戦争時の空襲による被災後、東京から大阪に移ったが、そこで再び、隣家の出火により延焼するという災難に遭遇した。

しかし、親戚から一人離れた大阪で、肺結核を患う父（夫）と懸命に生きた。

素直で優しい母は、四人兄弟姉妹の末っ子でありながら、他のきょうだいと折り合いの悪い厳しい祖母を引き取り、困難な戦後の状況の中、姉と私の二人を育てた。

幼少時の遠い過去は霧に包まれているが、母についての悪い思い出は一切ない。

お茶会を開いた時に客人と
談笑する母と姉

祖母や父に従いながら、気弱で涙脆い母は、姉と私に深い愛情を注いでくれた。

母の唯一の息抜きは、茶道（裏千家）に勤しむことであり、東京に戻った後の約四〇年間も、自宅に茶室を設け師匠としてお弟子さんに教え、出稽古もして活躍した。


元来、虚弱な質であった母だが、亡くなるまで深刻な病気もせず、総じて良き人生だったのではと考えている。

自分が親孝行をしてきたとは到底言えないが、いつも明るい表情の母の面影を思い出す。それは、母の愛情表現だったのだと強く思う。


母の命日やお彼岸の墓参りの際は、必ず、私と家族全員の健康と安全を母にお願いする。

祖母の教えに従った浄土真宗の戒名は、慈恩院釈美香。

御浄土でも茶道を楽しんでいて欲しい、と切に願う。

親想う心にまさる親心

税理士　岡田　秀一

三年前のある土曜日の昼過ぎ。

「お母さんから電話があり、どうも様子がおかしいから見に行って」

と姉からの電話を受けた。

昭和六年生まれの母は、二〇年前に父が他界後、「女やもめに花が咲く」を地で行くように、東京都下の一軒家に気ままな一人暮らし。

前年には、

「米寿のお祝いなんていやだよ。そんなことをされた人はみんな早死にする」と悪態をつくほど元気だった母。

私は実家から車で数分の所に居を構え、女房は週に数回、私も週末には実家に行って母の様子を見るようにしていたのだが。

実家に着くと、母は居間のソファで消沈した様子。

「姉貴に電話したようだけど何かあった？」

と声をかけると、

「午前中に地元警察から電話があり、近所で銀行預金が勝手に引き出される被害が続発しているので警察の者が伺いますと言わ

左から妻、母、姉

れ、数分後に来た二人組に銀行カードを渡した」とのこと。

どうも変だなと思い、姉に電話したのはそれから二時間後。なんで日常的に世話をしている近くの息子夫婦にではなく、中野区在住の姉に連絡をしたのかと失望・落胆。銀行と警察に連絡するも、口座からは限度額が引き出されていた。

それ以来、警備会社の見守りサービスを契約して常時、実家の母の動静を私のスマホで確認できるようにしている。

最近、物忘れが顕著になっているものの、身体の不調は特になく、介護サービスも頑なに拒否している母。

本稿を書くにあたり、改めて当時の状況を冷静に思い返してみると、母なりに「息子に迷惑をかけてはならない」と考えて、姉に連絡したのではないかということに気付いた。

『親思う　心にまさる　親心』

老母から未だに心配されている初老の息子として、できる唯一の親孝行は母よりも長生きすること。

「母を想う」ようになる日は、もう少し先になりそうだ。

靭帯損傷

賀茂神社　禰宜
岡田能正

お母さん。

随分とご迷惑を掛けました。

決して忘れません。私が高校三年生、学校の体育の時間に左膝の靭帯を損傷したときのことです。

友達との接触で、左膝の上に友達の体が乗ってしまい、急遽病院へ。

左膝はコルセットに巻かれ、松葉杖生活に。そこからは本当に大変でした。体も大きくなった私の通院生活が始まりました。

その当時、父は神主と学校の教師をしており、母はその身の回りの世話、小学校六年生の弟、幼稚園の妹、そして全く不便な私の世話に追われました。毎日毎日学校への送迎と通院。これが一カ月間も続きました。


多分全くといって良いほど休む暇も無く、ずっと動いてくれていたのでしょう。

私は、「不便」を理由に何もせず、母が世話をするのを至極当たり前に思ってしまっていたように思います。

賀茂神社での祈祷の際に母と

当たり前のように甘えていた自分がそこにはいました。

それでも、何一つ苦言も呈せず、喜んで世話をしてくれていたお母さん。

人の親になって初めてこのことのありがたみを思い知らされ、母は本当に大変だったのだと今更ながら感じております。


母は今まで本当に沢山の病気と手術をしました。いろいろと痛い思いも体験しました。後遺症もあると思います。

それでも、毎日毎日神社に来て、御参拝にお越し下さる方へ対応。

笑顔で「ようこそお詣り下さいました。お気をつけてお帰り下さいね。いつでも遊びに来て下さい」

こんな言葉を掛け続けている母。

「ありがとうございます」

心から誇りに思います。

商売は、母の背中で学びました

やげんぼりグループ　大女将
岡本　多美栄

私の母は大阪と京都の中間点、高山右近の城下町、高槻の駅前にあった料理旅館の四代目女将でした。色が白くて背が高く、時代劇スターの片岡千恵蔵の内弟子に入る話もあったくらいの綺麗な人です。

中学卒業の頃、母は叔母が営む料理旅館に奉公に出て、そのまま旅館に嫁ぎました。広い旅館で番頭さん、板前さん、仲居さんが数人、住み込みで働いていました。お座敷には祇園から芸妓さんも出入りし、一流企業の方々がお客様としていらしていました。

店にはお手伝いの方もいましたが、母はいつも割烹着を着て裏方で働いていました。家事と女将としての仕事を両立し、常に働く姿が目に浮かびます。

繁盛していた店ですが、戦後、館が広かったこともあり経営の先行きが見えなくなってきました。朝から洗濯、着物の洗い張り、シーツの洗濯、針仕事と、母は常に働き詰めでしたが、なかでも母が一番大変だったのが、暇になってきた頃の経営だったと思います。

当時は料理旅館の一角で、うどん屋、中華料理店など、いろい

甥の結婚式にて。母70代の頃

ろやりました。

結局、当時は名神高速道路の建設が始まる頃で、華やかだった料理旅館から国の調査団向けの長期宿にシフトしていきました。私は店のあまりに大きな変化を寂しく感じたものですが、母は一生懸命でした。

のちに駅前の再開発で、旅館は売却。私はその一部をいただいて、祇園の白川に店を持ちました。お客様には著名な方もいらっしゃる華やかな店になりましたが、これができたのは母のおかげです。

私は幼い頃から母が従業員の方へ大変な気配りをしていたこと、店を辞めてからも常に母の元に訪ねてくる姿を見て育ちました。そこから、働いてくださる方が一番大事だということを学びました。

私が国内・国外に数十店を展開できたのは、こうした母ゆずりのビジネス感覚が身についていたおかげです。母には感謝しかありません。

生きる姿で恩返しをしていく人生

ミス・ワールド・Japan 2022
ファイナリスト、ミス・ヨガ賞
奥原 彩子

母とは親子でありながら親友のような関係です。晩ご飯を食べながら今日あったことを話したり、一緒にライブや旅行にも行きます。

仲良しだねと言われると少し恥ずかしくて「全然だよ」などと言っていましたが、本当は嬉しくて自慢の母です。

一四歳の時、私は父親を亡くしました。幼い私は心の整理がつかず「なぜ私だけこんなにも不幸なんだろう」、そう思いました。そして私は寂しさを埋めるため四六時中遊び歩くようになりました。その頃、母は私と兄の二人を養うため直ぐに再就職をして働き始めます。仕事が終わると中学校からの不在着信。中学校へ私を迎えに行くのが日課になっていました。

時にはひどく叱られ「誰も私の気持ちなんて分からない、どうせお母さんも先生達の味方なんだ」そう思っていました。

しかし、今なら分かります。母はきっと父親の役割も全うしようとしてくれていたのだと。

私がどれだけ傷つけても、母は私を見捨てることはありませんでした。

幼稚園の入園式での家族写真

私が社会人一年目になった時、ホッとして体から力が抜けたように母は病を患い、会社も退職してしまいました。

そんな時ミス・ワールド・ジャパン２０２２のファイナリストとしての活動が決まりました。私の頑張る姿を見て次第に母にも笑顔が戻ってきました。

日本大会当日にも来てくれました。「涙そうそう」、大切な人にもう一度会いたい、感謝の気持ちを伝えたい、そんな想いが込められた歌を歌いました。見に来てくれた母、天国にいる父を想い、それはきっとステージからも両親へ届いたと思います。「ありがとう、感動した」母から貰った言葉です。その後、母は五〇を超えた年齢で再就職し働き始めました。

私達子供が未来に向かって楽しそうに生きることこそが一番の恩返しなのだと気付きました。

強くて、逞しくて、優しい母。私もいつか、母になる日が来たら、お母さんのようになりたいです。

お母さんの娘に生まれて私は幸せです。

母の愛は海よりも深し

氣功健身センター　総院長
各務　和男

私が生まれた時は、我が家は大家族で既に上には四人の兄貴と三人の姉貴がおりました。私が生まれる前からいつでも誰かしら家に寝泊まりする習慣があり、家は毎日朝昼晩大宴会状態でした。父親は人望が厚く、たくさんの方がお見えになり、父親と交流し様々なことを決定したり、ある時など、出所したばかりの人間が家に泊まって更生もしたりしたようです。

父親は曲阜の生まれで、いつも孔子様と同郷だと自慢をしておりました。

振り返ると父親は根っからの儒教実行者で、いつも「ただ良いことをする、その先のことを考えない、問わない」が口癖で、何も見返りを期待するなと「ただただ良いことをしなさい」の孔子様の教え通り、父親は生涯ただただ人々の為に尽くしました。

今回は偉大な近藤大徳様より母親について書いて下さいとのですが、我が家は父親の存在が余りにも大きく、初めに父親のことを書きました。

母親は昭和八年岐阜県加茂郡の生まれ、裕福な幼少期、タクシー

子供が産まれて百日記念の家族写真。
普段あまり外に出ない母親も喜んで写真館に来てくれて、今では家族の宝の1枚

に乗って名古屋にバレエを習いに行っていたそうですが、私には一切過去の話をしませんでした。

母親は一四歳の時、開拓団と一緒に中国に渡ったそうです。私の祖父にあたる父親が知事でしたので、終戦までは何一つ不自由無い生活をしておりましたが、終戦直後は情報も錯乱し、母親は日本に帰還する船の停泊場所に辿り着けず、これが運命の別れ道となりました。その後、父親を紹介され結婚をし、私も生まれました。父親は、困っている人がいれば必ず助ける性格だったので、今のお金の価値に換算すると、億ぐらい人々に与えたはずですが、母親は何一つ文句を言わず全て受け入れました。今の時代では考えられない程夫唱婦随でした。父は一〇人家族を養い、その上人助けもし、これは母親の協力が無ければ到底出来ないことで、改めて母親の凄さを感じます。

私はVAVクラブがスタートした一九八〇年に家族で日本に帰国しました。在籍約二〇年で、沢山学ばさせて頂きました。

会長ご夫妻様とスタッフの皆様に深く深く感謝申し上げます。

再拝

延命をやめる勇気

元国務大臣
（地方創生・規制改革・女性活躍・まちひとしごと・都市再生・特区）
自民党政務調査会長代理
金融調査会長・党税制調査会副会長
参議院議員

片山 さつき

母、朝長規子は大正一四年生まれで、東京女子大学出身の地頭の良い女性でした。母は、防空壕にお米を持って何度も逃げ込んだ、東京大空襲の経験者でもあります。

当時の東京には「危機的状況になったらすぐに非難する」という意識があまり浸透していませんでした。今、私は国民保護のためのシェルターを作る議員連盟を立ち上げ、幹事長を務めていますが、こうした取り組みは、母が東京大空襲の生き残りであることと無関係ではありません。

母は二八歳で東大出の数学者の父と結婚し、若くして教授になった父は浦和に家を構え、そこで私が生まれました。

手先が器用な母で、幼いころは、家のパン焼き機でシュークリームを作ってくれたものです。

母に勉強を教わった記憶はありませんが、小学校のPTAで仲のよかった二〜三学年上の子の教科書をもらってきては私にくれました。私は自分でそれを読み、クラスで計算できない子の面倒をみていました。

父と結婚してから母自身は専業主婦になりましたが、大学の同

東京女子大学の同窓会の園遊会で母と母のクラスメイトと。こういう日はあつらえた服でおしゃれさせてもらっていました

級生には世界的ファッションデザイナーの森英恵さんや、女性で初めて高島屋の役員に就任した石原一子さんがいたこともあり、私は母に子供のころから社会での活躍を期待されて育ちました。東大から大蔵省に入省した時も、母は幅広い活躍を私に期待して喜んだのだと思います。日銀幹部を務めた親戚などあちこちに電話してましたから。

今も悔いの残ることがあります。

二〇〇九年、母は肺炎を拗らせ、危篤状態に陥りました。かろうじて生き延びましたが、当時は控えていた選挙が苦しい戦いで、大切な決断を先延ばしにして、延命措置に関する問いに全部同意してしまったのです。その結果、母は療養型病院で、意識のないまま三年近く生きました。

胃ろうをして人工呼吸器をつけた母に、私は多分恨まれていたと思います。

必ずしも延命が正解とは限りません。延命をやめるには勇気が要ります。ただ、一人っ子の私には、その勇気がなかったのです。今もそのことが悔やまれます。

言えなかった「ありがとう」を今

元マルマン、クリスティーズジャパン社長
片山龍太郎

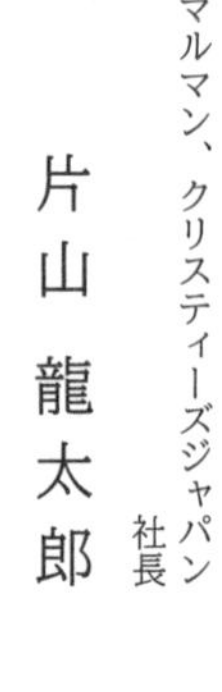

母慶子は、岡山県商店連合会長や山陽放送取締役を務めた栗山品雄の長女として生まれ、岡山県立第一高等女学校を卒業、戦争末期に空襲も体験した芯の強い女性でした。二三歳で父の豊と結婚し家に入りましたが、時代が違えば何か職業を持ったのではないかと思います。向上心が旺盛な物事を突き詰める人で、茶道・華道・書道等を極めていました。

ある時、母が書いた書を見て父が「峻厳な字だ」と言ったのをよく覚えています。書に表れる様に母は気丈な人でしたが、生きた時代環境からして、それをあまり表に出せなかったのだと思います。様々な我慢の鬱積を、稽古ごとにぶつけていたのかもしれません。父は事業に没頭していたし、放埒なところがありましたから。

茶道は、自宅に茶室を作り裏千家からは茶名「宗慶」を頂くほどで、華道も自由な作風が特徴の草月流を学び師範になりました。

私は音楽好きですが、そのきっかけは私が一一歳だった一九六八年、小澤征爾指揮によるトロント交響楽団のコンサート、その二年後のボリショイ歌劇場来日公演に母が連れて行ってくれ

私が２歳くらいの時でしょうか
よく母似と言われました……

たことです。オペラの演目は「イーゴリ公」。ボロディン作曲の長く重いオペラですが、寝ることもなく鑑賞し、劇中歌われた有名な旋律は、今も覚えています。母はなぜ、こんな重いオペラに経験のない私を連れて行ったのか、その真相はわかりませんが、おかげでその後、ポピュラーな作品がストンと入ってきました。

母は磊落な面があり、私にあまりうるさいことは言いませんでしたが、要所は厳しく躾けてくれたと思います。

一方、私が学業や仕事で何か成し遂げたり、メディアに出ると嬉しかったようです。

二〇〇八年の七月のある日、近所に一人住まいだった母と路上でばったり会いました。その時には元気そうでしたが、数日後、母は、突然の動脈瘤破裂で誰にも看取られず他界しました。本人の願いどおり苦しまない突然死でしたが、もっと面倒を見ようと思っていた矢先、まさに「親孝行　したい時には　親はなし」という川柳のとおりでした。お別れの会を盛大にやったのが、せめてもの償いでしょうか。

生前言えなかった言葉を伝えます。『お母さん、ありがとう』

遅かった母の免許証返納

加藤ジュンコ
カンツォーネ歌手

二〇一一年、東日本大震災と夫の病死から、一人暮らしだった母と息子との三人暮らしが始まった。おかげで家事や息子の世話を母に任せ、私はイタリアを往復、夢を叶えることも出来た。

彼女は毎朝、神棚と仏壇に手を合わせ、ご先祖様に家族の安全をお願いする。出かける私たちの見送りも欠かさない。雨の日には、そう遠くもないのに車で最寄駅まで送迎もしてくれた。それは快適だった。

しかし、高齢運転者による交通事故のニュースを見聞きする度に、免許返納の話は出た。彼女自身も行動エリアが制限されることを躊躇い、お互いに決心できずにいた。

後悔先に立たず。その日が来てしまった。

前日、彼女は整形外科でウオノメを取った。その時は私が車で送迎していた。翌日、消毒のために再び、病院に行かねばならなかった。私はオンライン会議の最中、彼女に待てと言ったつもりだったが、彼女は自らの運転で一人で病院に行ってしまっていた。

診察を終え、エンジンをかけた時、きょうだいから電話があったそうだ。散漫になっていたのだろう。悪いことは重なる。

七五三。姉は７歳、私は３歳の記念写真

大型駐車場から通りに出ようとアクセルを踏んだ。スピードが出て驚き、さらにブレーキのつもりのアクセルを踏んだ。

減速するためにブレーキを踏んだつもりが、それはアクセルだったのだ。

咄嗟にハンドルを切って、駐車場内の壁に激突させた。エアバックが出たことによる胸骨骨折。通りがかった人たちによって彼女は車から救出された。

幸にして、他人を巻き添えにすることはなかった。車は廃車。物損は保険で賄えた。彼女は入院し、姉弟嫁が団結せずにはいられない状況になった。

命があってよかった。普段任せている家事等、彼女に改めて感謝せずにいられない。

今年、八〇歳を迎える。リウマチという難病も抱え、日々、身体の困難を訴えている。

どうか、まだまだ元気でいて、いつまでも玄関で手を振っていて欲しい。

連理の枝

ステラ・ワークス　ブックライター
金子　千鶴代

私の父は、若い頃はひどく怖かったのだが、今振り返ってみると、実は陽気で明るい、優しすぎるくらい優しい人だったように思う。何より、人と過ごすことが大好きだった。

父はいつも美味しいものを通販で買ったり、出かけた先で入手したりしては、私たち家族や近所の人、仲が良い人に振る舞っていた。皆が美味しい美味しいと言って出されたものを食べ、笑い、楽しむのを、焼酎を片手にいつも嬉しそうに眺めていた。

そんな父の側でいつもあれこれと世話を焼いていたのが、母である。

父は美味しいものを持ち帰ったらさっさと母に手渡し、満足そうにダイニングの定位置に座って、今日は何を買ってきたのかとか、それがなぜ美味しいのかを延々と母に語るのだった。

母は「へえー！」とか「うそ～」とか言いながら、どんどん父が持ち帰ってきた食べものを切り分け、調理し、父が食べる分は父に出し、残った分は「これは子どもたちが来たときに食べる用」と言って冷凍庫に保存していた。だから、うちには大きな冷凍庫

幸せそうな父と母

が二台あった。
　父が趣味のウォーキングを始めたときには、母も一緒になって毎日夕暮れの公園を二人で歩いていた。父に連れられて旅行に行っては家を留守にし、一人で買い物に行っては父の好物を吟味する。母の暮らしは、父を中心に回っていた。本当に父のことが大好きだったのだろうと思う。

　そんな父も、数年前に他界した。父が建てた広い家に、今は母が一人で暮らしている。私が持っている父の遺影はよく埃をかぶっているが、母の持つ遺影はぴかぴかで、父が好きだったお菓子やご飯がいつでも供えられている。
　どうか、父といた頃と変わらず幸せでいてほしい。母に対して、そんなことをいつも思っている。

「母さん」を偲ぶ詩

新宿調理師専門学校　元学校長
上神田　梅雄

三二年前の一九八七年四月一日、享年七四歳で逝去した母の葬儀は、郷里の岩手県普代村のお寺で厳粛にとり行われました。母は一九一六年、高橋家に生まれ「尋常小学校四年（一〇歳）」までの学歴しか無かったそうです。二〇歳で農業を営む上神田家の長男に嫁ぎ、一〇人の子を産み育ててくれました。

私は三男で、全体では七番目の子供です。家庭内に伝わる〝母さん語録〟の数々『人様に何回も頭を下げたからといって、頭は減らないいんだが』『偉そうにしないいんだが、俺は大して偉くは無いと自分で証明しているのと同じなんだが、本当に偉い人は偉そうにする必要がないいんだ』『生きている人の眼を通して、お天道様（神様）が見ている』『生活は下を見て暮らす、しかし心根（志し）は誇り高く、上を見て生きる』などなど、貧しいぎりぎりの生活苦の中で、母自身が会得した活学に満ちた訓（おし）えばかりでした。

『梅雄が嫁をもらうのをちゃんと見届けるまで死ねないが、父さんに報告しなければなんねえが』と言うのが生前の口癖でした。

まさに〝貧乏人の子沢山〟のたとえを絵にかいたような家庭環境の中、母自身も「婦人会の親睦旅行に行きたい」、「美味しい料

母（71歳）が亡くなる2年前。郷里へ帰省した際に2人で（梅雄34歳）

理が食べたい」、「お洒落な洋服を着たい」、などの自分の我儘や甘えなど全く許されない境遇でした。家族のために、子供たちのために、生涯を尽くし抜いてくれたというのが母の人生でした。

脳梗塞で倒れて全身不随、口もきけない身体になった時点で、母の人生は終わってしまったと、私は深い悲しみに襲われました。その後二年九カ月間、病床に横たわる身体は、この世で果たすべき使命を終えるまで、母の御霊を留め置く仮の棲み家としか思えませんでした。

母が亡くなる一年前、結婚の約束をした敏江（後の妻）を紹介しに、東京から故郷の岩手へ向かいました。

「お母さん、初めまして、敏江です」と寝たきりの母の手を握って声掛けしたとき、瞬きを繰り返すたびに母の眼が潤んでいきました。ほとんど白くなりかけた瞳の奥に宿した、母の魂が確認してくれたのだと感じて、忘れ得ぬ感動を覚え胸が熱くなりました。

母が後ろ姿で教え諭してくれた大切な教えを、ゆめゆめ忘れることなく、慈母の子供の一人として、責任ある態度で日々歩んで参りたいと願っています。

私の夢は、お母さんの様なお母さんになる事

有限会社オフィス・フォーハウト
代表取締役
川上　美保

母は一三歳の時に脳梗塞に倒れ左半身機能障害者となり、知能、視覚、咀嚼、歩行などが不自由でした。

父は明治四二年生まれ。私はこの両親のもと生まれた一人っ子。母の子育ては一人でおむつを替え、お風呂に入れるなど、どれだけ大変な事だったろう。

「何でもやってみなさい」

「判断する時はお天道様が見ているけど、やっていい事とダメな事は自分で決めなさい。決めたらそれは、人のせいにしてはいけません」

「いつも笑っていなさい」

まだまだ書ききれないぐらいの母の言葉が思い出されます。

どんな時も私の味方でいてくれた母、いじめられて帰ってきた時も、失恋して悩んでいた時も、いつも隣にいてくれた。

母のようなお母さんに私もなりたいです。どんな時も笑顔で、どんな時も弱音を吐かず、どんな時も人のことを想う。

自分は一人前の事ができない、文字も書けない。それでも人の事を想う母でした。「お節介おばさん」だったのです。

どんな時も、常に笑顔だった母。母の笑顔は皆を笑顔にしてくれた。私も母の様に生きます。ありがとう

父は言いました。お節介は相手を思わないとできない事だよと。常に人の事を想う母に「なぜ」と聞くと、障害者になって一人では何もできなくなった自分が、ここまでどれだけ多くの人の手を借りて生きてきたのかと思うと、少しでもできる事で恩送りがしたいのだと母。

母から伝わった愛。これがあるから私は今も生きています。

長年車いす生活で熊本の実家へも連れて行けなかった事がとても残念でしたが、母が亡くなってからその場所が分かり、実家のお墓参りに母の写真を持って行けた事が何より嬉しかった。

「お母さん帰ってきたよ」と、一緒に行けたお墓参り。

お母さん、私を生んでくれてありがとう。

身体半分でも「やればできる」「あきらめない事」を身をもって伝えてくれてありがとう。

お母さんの子で良かったと心から思います。

母を想う時間を頂けましたこと心から感謝しております。書ききれない程の思い出が溢れてきました。ありがとうございました。

私の母

武蔵野大学国際総合研究所　名誉顧問
東京財団政策研究所　名誉研究員
（元環境大臣、外務大臣）
川口　順子

溢れんばかりの愛情を母からもらって子供時代を過ごした。何でもしてくれた。何でも知っていた。何でもやらせてくれた。甘えて頼った。母といれば安心だった。

母は大正二年生まれの長女である。女学校、専門学校と鎌倉から汽車通学をし、お手伝いさんがいる家ではあったが、早起きして自分で弁当を作ったとよく聞かされた。

リケジョだった。植物が好きで色々育て、名前にも詳しかった。和歌山県で過ごした小学校時代、夏休みの自由研究に悩んでいた私に、「海草の標本を作ったら」と知恵をくれた。家の裏は海である。手順は母に教わった。分厚い牧野富太郎の植物図鑑で調べ方を教えてくれたが、小学生には難しすぎて、名前は母におんぶした。高校時代には化学に四苦八苦する私に、長い酢酸の分子式をすらすらと暗誦して見せて私を驚かせた。なんと二〇年以上も前に学んだことである。

一九八六年、ハレー彗星が地球に大接近した時、七三歳の母は

お茶会にて
祖父母の家には茶室もあり、
母も長年嗜んできた

どうしても見たくてオーストラリアまで行った。好奇心はいつも全開。リケジョの才能は受け継がなかったが、好奇心は譲ってくれた。ありがたいことである。

夏の夕方、月見草の咲く砂浜で母と並んで絵を描いた。母の波に散る夕陽の絵は素晴らしくて今でも鮮明に記憶にある。高齢になってから作ったお茶の茶碗など見事な作品が私の手元にある。

医者になりたいと思ったが、親が許してくれなかったそうだ。今の時代に生まれていたら、どんな人生を送ったのだろうか。

一六歳の時に私は高校留学の制度を知り、行きたいと思った。両親は私の背中を押してくれた。アメリカの家庭で過ごした一年間が母との関係を変えた。母の愛情がいかに有難いかを私は身をもって知った。また、同時に親元を離れて異国で生活したことで、自信と独立心も芽生えた。私にとって母は、甘える存在から大事にする存在になった。母はこの変化をどう感じていたのだろう。

かなうことなら母に今一度会って、言葉足らずだったお礼を言いたい。

母が教えてくれた分かち合いの心

しらゆり歯科医院　理事
河村　徳治

母は末っ子に生まれた私を含め、四男五女を生み育ててくれた、大恩ある方です。

戦後の日本は裕福ではなく、私たちも例外ではありませんでした。そんな生活の中で、母は早くに父を亡くした私に三つの教えを示してくれました。

一つ目は、一番良いものをあげなさい。持っているものは、兄弟姉妹であれ友達であれ分かち合いなさい。二人だったら半分にして食べなさい。この事が記憶に残っています。

食べるものも少なく貧しい中で、九人兄弟姉妹が仲良く成長できたのも、母の教えがあったからだと思っています。今では私が子供達や孫達にも分かち合いの心を教えています。

二つ目は、会社に勤めたら、一人前になるまでは辛抱して簡単に会社を辞めるな。下積をしっかりしなさい、働く時間も骨身を惜しまず頑張りなさい、必要とされる人になりなさい、と教えられました。

三つ目は、働くようになったら自分の力で何でもしなさい、食べたいものを食べ、旅に行きたければどこへでも行きなさい。要は母さんは何もしてあげられないけど、自分の働いたお金でやりなさい、身の丈に合った生活をしなさいという教えです。

今ではおいしいと思ったお店や、美しい音楽の曲名、旅の知り得る情報などを紹介し合っています。

聖書の教えに私の好きな言葉が書かれているので紹介します。

「バラまいても尚富む人有り、正当な支払いを惜しんでもかえって乏しくなる者がある。大らかな人は肥え、人を潤す者は自分も潤される」

これこそ母の教えてくれた分かち合いの心ですね。

お母さん。

お母さん、私を生んでくれてありがとう。

母の導き

学校法人智帆学園
琉球リハビリテーション学院　理事長
儀間　智

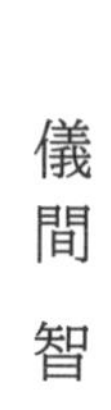

大正一四年生まれの母、儀間キヨは今年で九六歳を迎えました。生まれ故郷の沖縄県金武町は、移民の父と言われている當山久蔵の出生地で知られています。戦前の貧しい沖縄から南米やハワイに多くの移民者がおり、母の父と兄もペルーへ出稼ぎに行っていました。ペルーから送金されたお金を竹ザルに入れて祖母と姉と一緒に数えたことを覚えている、と母から聞いています。

また、戦時中は大切な馬まで兵役に取られてしまい、挙句、痩せ細って家に戻って来た馬を、食べるものが無くて泣きながら食べたのだそうです。

母が持ち合わせている、誰に対しても分け隔てなく与える優しさは、家族や隣人と支え合い、助け合って過ごしてきた厳しい時代を経験したことによるものだと思います。

母は毎日四キロの道のりを徒歩で小学校に通う、勤勉な学生で、卒業時には担任がわざわざ家を訪ねて来て、沖縄師範学校への進学を強く薦められるほど優秀だったそうですが、家に働き手がない為、祖母は進学を認めず、泣く泣く諦めたといいます。しかし、母が進学していたら私はこの世に生まれていなかった可能性が高

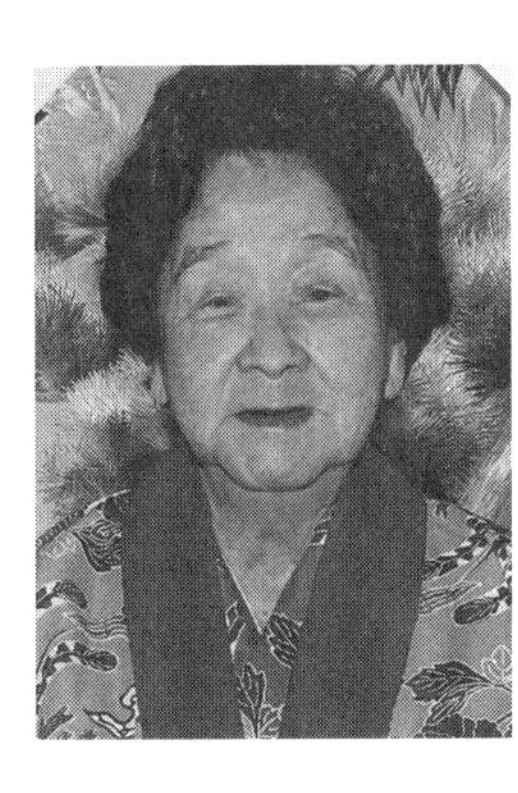
米寿の記念に撮った１枚

いのです。母が薦められた師範学校女子部は、ひめゆり学徒隊としてかり出され、多くの犠牲者が出ていたのです。

戦後捕虜収容所で看護見習いをしていた頃、負傷して収容されていた父と出会い結婚、雑貨屋を営みながら四男一女をもうけました。

田舎の雑貨屋は石油・薬・タバコ・靴・酒等の生活用品全てを販売しており、学校から帰ると何かと店の手伝いをさせられていたことを思い出します。

また母は、地域の婦人会長や教育委員等も率先して務め、人の為に尽くすことを惜しまない人でした。

父の姉が結核で町内の療養所に入所した時も、献身的に看病したのは母でした。伯母は最期に「キヨちゃんありがとう、この恩は忘れないよ」と言って亡くなったそうです。

そして今、その療養所の跡地に、私が理事長を務めている琉球リハビリテーション学院があります。

私が母の大きな愛と導きで今の仕事ができていることは間違いありません。改めて、母への感謝と恩返しをしっかりやっていこうと強く心に誓いました。

母へ、感謝

医療法人社団サザナミ　理事長
きむらてつや整形外科　内科　院長
木村　哲也

母はいつも強く、厳しく、そして優しかった。

我儘だった私の幼少時代、叱られた記憶も沢山あるが、最後はいつも温かい言葉で包んでくれた。落ち込む時は一緒に落ち込み、喜ぶ時は一緒に喜んでくれた。どんな時も私を赦し、意見が食い違っても私の気持ちを知ろうと精一杯尽力してくれた。そして明るく、人を勇気づける力を持っていた。不安や悲しみ、ネガティブな感情に沈む時、常に前向きな意見をくれた。そのおかげで必ず道が開けると信じることができた。

何があっても母が最大の愛で見守ってくれた、これが今も私の自信につながっている。

そして私も医者として、経営者として、沢山の患者さんや一緒に働く職員、関係者と接する中で、しっかりと相手の気持ちを汲み取り、寄り添おうという気持ちを常に意識するようになった。

母は長らく主婦として医者である父を支え続けた。父がこれまで健康で活躍し続けることができたのも、母の愛と尽力の賜物であろう。本当に偉大である。

70歳を迎えた母と
The Okura Tokyoロビーにて

母は材木商の家に生まれ、とびきりの明るさで地元の人々に愛された私の祖父母（今も存命。健康長寿の見本のような九〇代）の下で育った。それ故、幼少時から沢山の人と出会い、コミュニケーションの本質を知ったのであろう。いつからか人生相談に乗り、カウンセリングする能力を持ったようだ。今は積極的に日本各地に出向き、日々人のために出会った人の人生が好転するためにとパワフルにカウンセリング業に取り組んでいる。そのの意志やパワーを受け継いだことも私の自信だ。

今、私は東京目黒区自由が丘の地に医療法人を創り、この明るく活気のある東横沿線の街が益々健康に満ち溢れるよう貢献したいという一心で、日々活動している。

今年七〇歳を迎える母だが、年老いた気配は感じられない。人生一〇〇年時代、これからも母は元気に活躍し、私の活動を見守ってくれるであろう。

母へ、いつもありがとう。

これからも健康で良き人生を送ってください！

憧れの良妻

司法書士法人ファミリア
マネージャー　司法書士
國枝　哲哉

「お父さんがいいと言ったらいいよ」
「お母さんは本当に幸せ」
が母の口癖でした。
母は私が二一歳の大学生の時に、交通事故により五五歳で亡くなりました。

母は昭和一四年に生まれ、その時には祖父が戦死していたため母子家庭で育ちました。

小学校から成績優秀でクラスではいつも一番、祖母にとって自慢の娘だったようです。

小学校の教員になり、同じ教員の父と結婚しました。


私はというと幼い頃から要領が悪い方で、母にとってはかなり残念だったと思います。

言葉遣いやマナーなど躾に厳しく、よく怒られました。

しかし、出来の良くないと思っていた私が大学に合格した時、大変喜んで抱きついてきた母のことは今でも忘れられません。

着物が好きだった母と

住まいは岐阜でしたが名古屋の教員だったこともあり、毎日家の誰よりも早く起き、洗濯、朝食の準備、後片付けをして、自転車に飛び乗って駅に向かっていました。
夫婦共働きで、父が役職に就くまで収入は同じだったと思いますが、母はいつも父を立てていました。またそんな父は、母を自慢にしているのが子供の私からもよくわかりました。私は子供ながらに父が羨ましいなと感じていました。

父は母のさっぱりとした性格､振る舞いが好きで､今は別のパートナーと暮らしていますが、母とのツーショット写真を家の真ん中に飾っています。
そんな夫婦が私の中にモデルとしてあったのでしょう。私の妻は母に似ています。
そして父も私の妻を自慢にしています。

お母さん、ありがとう。お母さんに似ている妻と結婚でき、私は幸せです。

角が無くなった母

窪塗装工業株式会社　代表取締役
窪　悠久

『しかられて　そとにだされて　ないていた』

私が幼稚園年長の時、幼稚園内の俳句コンクールで金賞を受賞した作品だ。

私が母に怒られるたびに、反省するまで家から閉め出され、玄関先で大泣きをしている情景だ。当時、気の強い母に怒られると、外に出されていた。

普段の母はとても優しい人だ。

幼稚園から高校まで、毎日、弁当を作ってくれた。

小中学校では習い事や塾のたび、毎回送迎をしてくれた。

その優しい母が怒ると、見る見るうちに表情が変わり頭から「角」が生えてくるのだ。

「鬼婆」。怒った時の母は、この言葉がぴったりだった。

優しいけど、怒ると「鬼婆」。これが、母に対する幼少期の印象だ。

現在、私は四四歳。三人子供がいる父親だ。親になって感じた事は、子供に対する愛は無償であり、計り知れない程の愛情を注

この本を機会に、人生初めて
2人で撮影に行きました

げるという事である。

しかし、妻を見ていると、母親は男親以上に、子供に対して愛情を注いでいるのが分かる。この状況を見ていると、私の母も同様に私が感じている以上に、私に対して、無償で計り知れない程の愛情をずっと、注いでくれた事を今は実感している。

一三年程前から、両親と同居をしている。

顔を合わす機会が多い為、意見のぶつかり合いで、今でも、怒鳴り合いをしている。流石にこの歳になると、相手の事を考えての怒鳴り合いだが、それでも、母の顔は見る見るうちに変化する。しかし、今は「鬼婆」には変身しない。「角」も生えてこない。「角」が無くなったのだ。

それは、私に対して子供としてではなく、一人の大人として接してくれているからだと思う。

今回、素晴らしい機会を頂いたので、ここで言わせもらいます。「僕を育ててくれてありがとう。お母さん」

申し訳ない、なんて思うことないよ

株式会社クマヒラ代表取締役会長
熊平　雅人

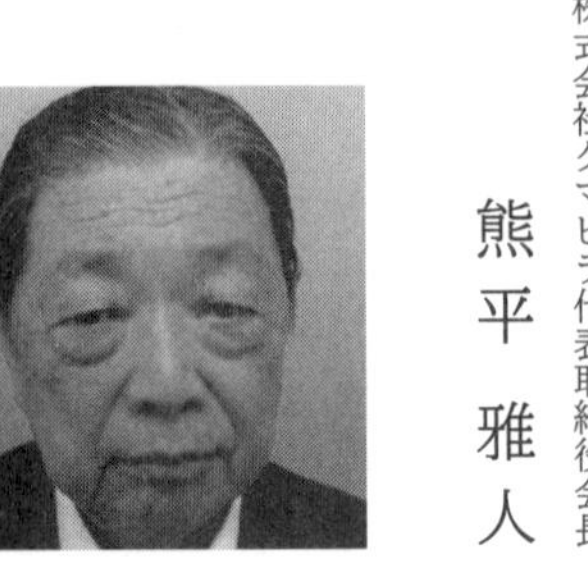

私の家は、祖父の代から広島で金庫の商売を営んでいます。

創業者の次男として生まれた父は、戦前、北原白秋の弟子として東京で詩人を目指していましたが、戦争による物資不足のため、昭和一七年、同じく東京に出てきていた伯父とともに広島に呼び戻されました。そこで母と結婚したのです。

広島に原爆が落ちた時、私たちは家族で疎開していました。当時私は三歳でしたが、今でもその時の情景は、はっきり覚えています。

原爆投下の翌日、会社が広島の中心地にあったこともあり、祖父が父に疎開先から様子を見に、広島中心部へ行ってくるように命じました。

それから一五年後、私が高校二年のころに、父は喉頭癌で亡くなりました。放射能を浴びていたのだと思います。

父が早くに亡くなったため、母が三兄弟（私と弟二人）の面倒をみてくれました。私たちを学校に送り出してから戻るまで、祖父の秘書として働きながら、私たち兄弟を育ててくれたのです。

祖父は九七歳まで生きましたが、元気な祖父で、九六歳まで出

社していました。毎日、午前中に役員を集めて会議をしており、母は祖父が亡くなるまで、そのサポート役を果たし切りました。嫁でありながら使用人のような扱いを受けてもなお、母は耐えていたのだと思います。

そんな母も三年前に、一〇一歳で天寿を全うしました。

晩年のおよそ六年を介護施設で過ごしたのですが、母が施設への支払いを気にして「こんなところに入れてもらって申し訳ない、申し訳ない」と私に謝るのです。子どもにそんなこと言う必要なんてない、堂々と入っていたらいいと伝えても、とにかく謙虚な母でした。

実は、父は大酒飲みで、いつも午前様でした。母にはそうした苦労もあったはずです。

亭主は大酒飲みの短命、悪ガキ三人を抱えながら祖父にはこき使われて、母は大変だったと思います。けれどもそれを嫌な顔一つせずにやり切る、本当に芯の強い人でした。

苦労して私たち三人息子を育ててくれた母には、感謝しかありません。

かきつばた

医療法人さくら会　理事長
黒瀬　基尋

かきつばたは、『幸福はきっとあなたのもの』という花言葉をもちます。私が母に花を贈るなら、本当に幸せになってほしいという気持ちと共にこの花を贈ります。

母は親が歯科医師で、裕福な家に生まれました。第一子でひとりっ子として可愛がられました。そんな母が嫁いだのは、一流企業に勤める父でした。父の仕事は忙しかったけど結婚当初はすごく幸せでした。

当時の写真を見ると裕福で幸せそうな生活がよくわかります。しかし、幸せな生活はそんなに長く続きませんでした。なぜなら急に父が会社を辞めてきたのです。

父は会社を辞めて住宅街の全く目立たないところで、設計事務所を開業しました。二年間くらい仕事がほとんどありませんでした。父は大学で講師のパートをやらせてもらったのですが、生活費が足りずどんどん借金は膨らんでいきました。そんな中、生活を支えるためにパートに出てくれました。パン屋、新聞屋、お見合いの斡旋、色々仕事を掛け持ちして家族のために働いてくれま

いつも前向きですごく尊敬しています
産んでくれてありがとう

した。生活が苦しいのに、私が欲しがった熱帯魚も買ってくれました。

母に対しては、いつもいないという記憶がほとんどです。本当に仕事を頑張ってくれました。そんな忙しい母には、食事を作る時間もありませんでした。いつも作り置きの料理ばかりでした。それが私のお袋の味です。本当に美味しかった。

そんな母としっかり話せるのは、夜寝る前に母の肩たたきをする時間で、母から仕事の武勇伝を聞くのが本当に頼もしく思えました。仕事で契約が取れた話、お見合いの斡旋をしたお客さんに、あなたみたいな人が良いと言われた話、今でも覚えています。

母はあまり私に干渉せず、自由に育ててくれました。大学で一人暮らしした時もお金が無くなって仕送りを頼むと、何も言わずになけなしのお金を送ってくれました。本当に嬉しかった。

私が仕事で頑張って母にしっかりお返しします。安心してください。

本当にありがとう、尊敬しています。

母に叱られた記憶がない

一般社団法人全国相続鑑定協会
株式会社ペガサスデザインセルズ
代表取締役
小池 淳一

母は一九三一年生まれの九二歳。「教育ママ」という表現が流行した頃、私を私学の中学校へと考えていた。様々な体験型教室や、離島キャンプ、ヨットスクール、スキー教室、英語塾にも通っていた。家庭教師もいた。落ち着きのない私が言うことを聞かないと、「ダンボ」になると思ったくらい耳を強く引っ張られた。耳が大きいのは福耳、たくさんの情報を受信しやすく、生きる力を養い幸せな人生が送れるようにと母の愛情の表れだったのかもしれない。

小学生の私は野球に明け暮れ、母の期待を裏切り、中学受験失敗。市内でワースト3の不良中学校に入学、野球漬けの毎日だった。甲子園を夢見て、監督の推薦で愛知の強豪公立高校へと入学したが、野球だけの生活が嫌になり、家出した。

当然あったはずの私への心配や不安とは裏腹に、母は私が家に戻った時も叱ることなく、笑顔で迎えてくれた。母は、「私がしたいこと」をすべて肯定し、やらせてくれた。建築板金業を営む父のおかげで経済的にも恵まれ、どれほど裕福で幸せな子供だったことか。

父が葺いた茶室の銅板屋根の
前で母と２人、ツーショット

長男なのに家業を継がずアメリカで働くことになった時は、母はさぞかし心配で残念だったと思う。数十通の手紙の結びは、いつも「淳一さんがやりたいことをやって頑張ってください」と書かれている。

帰国後、起業したが資金繰りに疲弊している私を見かねた母は、父に内緒で、家業の通帳から多額の融資を一〇年以上も続けて私を応援してくれた。

何度目を瞑ってみても女神のような笑顔の母しか思い浮かばない。社交性に富んでいた母。職人気質だった父を四〇年以上支え続けたのも母の笑顔だったに違いない。そんな母が離婚することになった。原因は、私への無断融資のことを父が知り家族崩壊したのである。母はその時ですら私を叱らなかった。

母から、健康、笑顔、優しさなどいっぱい生きる力を授かりました。私も母のように、叱るより笑顔で見守れるような人になりたい、母のＤＮＡを絶やさぬように。

母の呼ぶ声

一般社団法人
日本ベトナムビジネス連合会
代表理事
五味　峻一

『峻一ちょっといい』

いつもの母の呼びかけだ。

二〇代の頃は好き勝手に仕事をやってきた。夢を追いかけて不安定な職場に勤めていたこともある。身体を壊して職を変え、また人に誘われるがまま職を渡り歩くこともあった。二〇代最後の年に長年の夢を叶えた。しかし借入を起こしてスタートさせた飲食店は一年たらずで閉店。今思えばこんな自分を見守り続けてきた母は、内心これまで心配と不安続きだったに違いない。

それでも自分の性格を一番に理解し、不安や心配は声に出さず見守り続け、時に励ましてくれた母には、今でも口には出せないが心では感謝している。

「お母さんの笑顔が男の通信簿」と尊敬する経営者の方から言われたことがある。

自分はどうだろうか。二〇代までの自分だったら赤点だったと思う。こんなに好き勝手に仕事を変え、安定もせず不安や心配をかけ続けてきた身勝手な息子なのだから。

三〇代も後半戦に入り、やっと家族を持った。三〇歳からは仕

何年かぶりの海外旅行。コロナの規制も緩和され、次はどこへ連れて行こうか

事にプライベート、色々とやりたいという欲はあっても、うまく自分自身をコントロールし、仕事も落ちついてきた。近く親になろうとしている今になって、少し親の気持ちがわかってきたように思う。

今では少し年老いた母だけど、会おうと思えばいつでも会える距離に元気に暮らしている。自分は幸せなことに母と顔を合わせることも、過ごせる時間も残されている。これまで母には心配をかけた分、ここからは内申点を上げられるよう、少しずつこれまで応援してくれたことへの感謝の気持ちを形にして返していきたいと思う。母を笑顔にできるように。もちろん自分の家族も一緒に。

この原稿を書いている最中にも、母からの呼びかけ。またか！と、時にはめんどくさいと思うこともあるけれど、頼られるのも悪くないなと思う。

『峻一ちょっといい、こっち来て』

こんな自分だけど、いつもありがとう。

押し花の手紙

クロス　カルチュアル
コミュニケーションズ　社長
北加ジャパンソサエティー　常務理事
クリアリー
齊藤　信子

小さい頃から体の弱かった私は、家族に心配ばかりかけていた気がする。そのような私に呼吸器を鍛えれば体が丈夫になると何処かで耳にしたのか、母はＮＨＫ児童合唱団の入団試験にチャレンジさせ、幸い合格となった。当時私は七歳、時に父の車での送迎もあったが、ほぼ一人で名古屋城横の景雲橋にあったＮＨＫ名古屋放送局に通い始めたのである。管弦楽団の演奏を聴き歌を歌う、それだけの生活がとても楽しかった。

当時はＴＶもなく子供たちの楽しみはラジオや生中継の番組。それらが子供の世界であり、童謡が中心であった。詩を覚えメロディーを口ずさむ生活が、後の大学における音声学と言語学専攻につながったと思う。幼い頃の母のアドバイスは間違ってはいなかった。今更ながら母の先見の明や大きな愛情に敬服する。

後に、民放のラジオ番組やテレビ番組のトークショー等を担当するうちに英語への興味が膨らみ留学の意思を母に伝えると、母は早速近くのアメリカ人の大学教授を見つけ出し、私は一層英語の勉強にいそしみ、母の勧めで日本文化のお稽古事にも励んだ。

幸い英文学で著名な教授のおられるボストンのノースイースタ

帰国した折の母との楽しいスナップ写真

ン大学に入学。留学中は母から多くの温かい励ましの手紙を受け取った。中をそっと開けると母の手作りであろう押し花が添えられていた。春は桜、紫陽花から紅葉になり、黄色いイチョウの葉、時には絵手紙で冬は南天やモミの絵が水彩絵で描かれていた。異国にいてもそっと寄り添っていてくれる母がそこにいた。

留学時、母に二つの事を約束させられた。一つは国際交流に尽力できる英語力をつける事。二つ目は日本人として恥じない生き方をし、いつか日本政府に認められる何かを達成する事。

当初軽い気持ちで聞き流していたが、今となって思う事は異国に一人で出かけ苦労はあるだろうが〝凛と生きなさい〟という激励の思いから発した二つの約束事なのだと実感した。

近年私が最初にプロデュースしたドキュメンタリー映画が国連で四度も上映され、同時に講演も二度させて頂いた。また日米における文化芸術の貢献により、二〇二二年の叙勲において旭日単光章の栄誉を受け勲記を賜った。

〝お母さま長くかかりましたがやっと約束が果たせたような気がします〟と、母の笑顔を想い心の中でつぶやいた。

人のためは自分のため

すずなり　代表
座親　ゆかり

私の母は昭和九年に長崎で生まれました。

原爆の被害を受けた自宅をあきらめ、祖父が福岡県田川市でクリーニング店を開業することにしたため、身体の弱かった祖母に代わり、幼い弟妹の面倒をみて、小さいころから家事を取り仕切っていました。職人さんも抱えていて、食事の支度などは本当に大変だったそうです。

二一歳で警察官の父と結婚して専業主婦となり、社宅での近所付き合いの苦労などあったようですが、生来の面倒見の良さもあって、仲の良いお友達がたくさんいました。

結婚後も実家からは変わらず長女として頼られていましたし、父は仕事柄、何日も帰ってこられなかったり、単身赴任で不在がちでした。

父方の祖母も桂川町に住んでいて、田川の実家、父の赴任先、父の実家、そして兄と私がいる福岡の自宅と、すべての家のことを取り仕切っていたので、まさに座布団が温まる暇もないほどでした。

弱音や愚痴を言わない母でしたが、一度、「きつくないと?」

奇跡的に回復してリハビリ中の母と公園での１枚

と聞いたことがあります。

　母は「きつくないわけないやない」と言い、移動中のバスに揺られている時、「このままどっかへ行ってしまいたい、と思った」と、ぽつりと言ったことが印象に残っています。

　人のためにばかり働いていた母は八〇歳を過ぎても、足が悪い父のことを常に気にかけ世話をしていましたが、数年前に脳幹出血を経験しました。

　奇跡的に復活してからは肩の力が抜けたようで、「私、もう我慢せんちゃん（我慢しないよ）」と初めて言いました。その時、「あぁ。やっぱり我慢してたんだ～」としみじみ思いました。

　今も変わらずご近所の方に恵まれ、私が仕事で忙しくしていても、「何かあったら〇〇さんを呼ぶから」と、週に二回、父と二人で元気にリハビリに通っています。

　九〇歳も目前ですが、自分らしく楽しく毎日を過ごしてもらいたい、と心から願っています。

　私の母は、「情けは人の為ならず」を体現している人だ、と強く感じます。

Get Lucky

株式会社J・ART 取締役社長
坂井 大介

朝起きると、神棚と仏壇を綺麗に掃除し、手を合わせるのが、物心ついた時から毎朝見る母の姿。

亭主関白な父と対極な、日陰に咲く花の如き母。三人の子供を立派に育ててくれました。今は孫にも囲まれ、趣味のゴルフにも勤しみ、老いも遠ざかる幸せな老後に映ります。

そんな母も若い頃は苦労をしたようです。結婚後に運が開けたみたいですが、父が経営していた株式会社焼肉屋さかいが株式上場した後もBSE問題に悩まされ、隣で魘(うな)され安眠できない父への気苦労など、順風満帆ではありません。

弊社は、お陰様で二〇二三年に創業五〇周年を迎えました。創業者の父、坂井哲史は天賦の商才に恵まれ、血の滲む努力をし、多くの方々に支えられた自他ともに認める強運な商売人です。

現在、東証STDに上場している株式会社焼肉坂井ホールディングスの「坂井」は、現経営陣から父へのオマージュと捉えます。

多忙な父に代わり、書道師範の母はお世話になった方々へ感謝の気持ちを御礼の手紙にしたため、父や会社をそっと支えてきま

若かりし頃の母と1歳の私

した。手紙を書く実直な母の背中から、感謝する大切さを学びました。

なぜ弊社が存続し、発展し続けることができるのか。

母が主導で毎朝欠かさず行う冒頭のルーティン。この行動こそが運を引き寄せていると断言できます。

坂井家では常にあらゆることに感謝する気持ちを大切にし、神様、仏様への日々の合掌、礼拝、神社仏閣への積極貢献、盆正月の行事など家族総出で行います。

幼い頃、疑問に思った私は母に問うと、次のように答えました。

「先祖を一〇代遡るだけで二千人程になる。それだけ多くの人のお陰で今の自分がある。だから、良いことをしているな！とご先祖様が褒めて下さる行いを心がけている」

悪いことも良いことも起こる人生ですが、謙虚に感謝して毎日を過ごせば、振り返るとベストなことしか起こらなかったとのことです。まさに人間万事塞翁が馬。

母の教えは今でも私の行動規範になっています。

母が導いてくれたスーツ屋さん

株式会社オーダースーツＳＡＤＡ
代表取締役社長
佐田　展隆

二〇一二年一〇月、末期癌でホスピスに入っていた母は、六三歳で他界した。一週間ほど前、まだ意識のある時に、母の足の裏をマッサージしながら聞いた母の最期の話は、「展隆が一番向いている仕事は『スーツ屋さん』だと神様も言ってたよ」だった。

経営に行き詰まり、一度、再生ファンドに譲渡した父の会社だったが、東日本大震災で工場を被災し赤字転落したことから最後のオーナーに見放され、なぜか私の元に戻って来た。会社が負った震災の傷も生々しく、一年半経っても変わらぬ厳しい現実を突き付けられる日々に、思わず弱音を吐いてしまった私に、病床の母がかけてくれたのが先の言葉だった。この言葉を契機に、その後どんな苦境に直面しても自分を憐れむことが無くなった。

本当に優しい母だった。我々三兄弟に「子供たちの為ならば、お母さんは、いつでも死ねるからね」と、いつも口癖のように言ってくれていた。そして、信心深い母だった。我が家は日本の家らしく、昔から仏壇の上に神棚があり、何の違和感もなく、同時に双方に手を合わせていた。そこで、まだ物心ついたばかりの私が母に言われたのは、「神様仏様に『ありがとうございます』と伝

幼稚園の入園式にて
母との1枚

えなさい」ということだった。小学校の書初めで、好きな熟語を自由に考えて書く課題で、私が「感謝」という二文字を書いてきた時、母は涙を流して喜んでくれた。団塊ジュニア世代の激しい受験戦争の中、我ら兄弟三人揃って国立大学に合格するような育ち方が出来たのは、厳しく教育熱心な父の傍らに、この愛情深い母が居てくれたお陰様だと今は思う。

そう言えば、面白いことがあった。母の三回忌の墓参りの時、母が「お姉ちゃん」と呼んでいた私の伯母より、私の迷いを断ってくれた先の言葉を、私が会社を再生ファンドに譲渡した直後に、母より言われたというのだ。

東日本大震災が起こらなければ、私がこの会社に戻ることなど在り得なかったはず。つまりその時点では、そうなる可能性などゼロに近かったはずなのに、である。妙にオカルトチックにも聞こえる話だが、友人にも親戚にも夫にも子供にも心から愛され、常に周囲に人の輪が絶えなかった母ならば、その中に神や仏がいらっしゃり、未来を少し耳打ちして貰うことくらいあったかもしれないな、私はそんな風に思っている。

迷惑をかけたくないから

ラーニングエッジ株式会社
代表取締役
清水康一朗

母から怒られた経験は、ほとんどない。幼少期は、箸の持ち方、歩き方、左右の使い分けなど、私が泣くほど厳しく躾けられたが、どんなに失敗しても、否定的なことを言われた記憶はない。勉強しろ、と言われたこともない。

「勉強しろと言うと怒るから、あなたには言わないで、我慢していたんだよ」と母は言っていたが、私は信頼されて、愛されていたのだと思う。

そして、実際に愛にあふれた母なのだ。いつも明るく笑顔で、近隣でも愛される太陽のような存在だ。

中学生の時に、自宅で煙草を友人と吸ったことがあった。母が帰ってきて「煙草吸ったの?」と私に聞いた。臭いで完全にばれているのに、私は思わず「俺は吸ってない」と嘘をついた。

「あなたが吸っていないというなら、それは信じる。けど、そういう友達がいるなら、もう付き合うことはやめなさい」と母に言われたことは、今でも覚えている。

ここまで私の言葉を無条件に信じてくれる母を二度と裏切って

右から、母、父、私、
そして娘（親子三代）

はいけない、嘘をつかない人生を送ろう、と思った瞬間だ。

社会人になり、独立してからは、特に仕事が忙しく、たまにしか両親のいる実家に帰れていないが、母から電話がかかってくることはない。こちらから一方的に実家に電話をかけるだけだ。私が電話をかけると嬉しそうに日頃の話を聞かせてくれる。しかし、母が、自分から電話をかけてくることはない。

理由を聞いたら、「だって、仕事で頑張っている康一朗に迷惑をかけたくないから」と言う。

私が実家から東京に戻るたびに、「康一朗が行ってしまった」って、母が毎回大号泣していたと父から教えてもらった。「父さんと、毎日、康一朗の成功を祈っているよ」って母から聞かされるたびに、泣けてくる。本当にそうなんだろうと感じるし、今日もそう想ってくれている、って感じながら私は生きている。

いま、私が社会貢献にまっすぐに向かうことができているのは、それは母の愛のおかげだと断言できる。

私のお弁当を作り続けてくれてありがとう

NTTコミュニケーションズ　相談役
庄司　哲也

私は公務員の父と中等教育補助教員の母の末っ子長男として生まれました。姉二人はともに勉強が得意で、幼心に姉に負けたくないと思っていました。

中学が給食のない学校で、母がお弁当を作ってくれるようになりました。周りが購買のパンなどを食べるなか、私は母の手作り弁当が大好きで、必ずお弁当を持参しておりました。育ち盛りでお腹が空いて「早弁」するようになると、母は小さなサブ弁当も持たせてくれるようになり、二部構成で食べていたのです。母の心のこもった弁当は、私の宝でした。

高校（都立青山高校）に上がるころ、大学紛争が高校まで波及して、高校がバリケードされ機動隊が入ったり火炎瓶を投げたりしていました。そうした社会情勢もあり、世の中がうちみたいな家庭だけでないことは体験的に知っていました。そして、これだけ恵まれた環境にいるのなら大学受験も一番チャレンジングなところにと考え、一浪して東京大学に入学したのです。姉が使った教科書や参考書が全部使えましたし、塾や予備校はいくらでも行きなさいというのが母の方針で、家族みなが応援してくれました。

米国ビジネススクール留学中
の私を慰問した母と
ナイアガラの滝にて

実は私、大学時代も社会人になってからも、母にお弁当を作ってもらっていました。入社一年目は秋田に配属されましたが、車が趣味だったこともあり、週末ごとに帰省。日曜の夜になると母がお弁当と惣菜を持たせてくれて、そこから五〇〇キロ走って朝の出勤に間に合わせていました。

三三歳で結婚した妻もたまたま料理好きで「私も作ります」ということで、私は愛妻弁当とともに社会人生活を送りました。あるとき雑誌の企画で社長室にいらした記者が妻の作ったお弁当を見つけ、雑誌にお弁当が載って妻が喜んだことがありました。母の愛が妻に引き継がれ、妻が母の味を引き継いでくれたからであり、感謝しています。

母の日には台所でお弁当を作る母をイメージして割烹着を贈ったりしてきましたが、今も私にとって母といえばお弁当です。

お母さん、ありがとう。

成功の秘訣は母の教え

株式会社湘南ライフプランニング
代表取締役
新谷　庄司

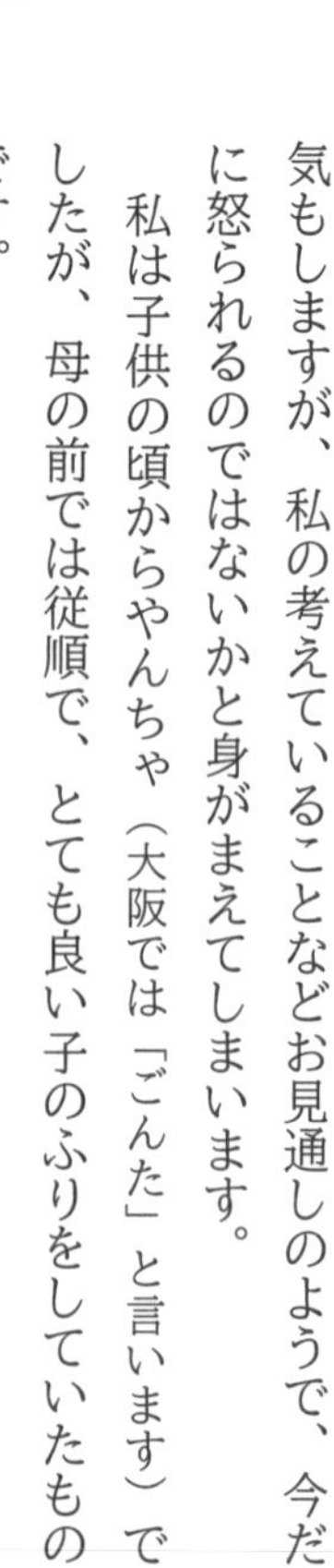

私の母は大阪生まれの大阪育ち、生粋の大阪人です。姉、母、弟の三人きょうだいでしたので、かなり揉まれて育ったようです。明るく社交的で華があり、話し上手の反面とても気が強く、私にはとても厳しい母でした。今は年のせいか少し穏やかになった気もしますが、私の考えていることなどお見通しのようで、今だに怒られるのではないかと身がまえてしまいます。

私は子供の頃からやんちゃ（大阪では「ごんた」と言います）でしたが、母の前では従順で、とても良い子のふりをしていたものです。

その反動もあり、外ではかなりのごんたで、周囲の人達を困らせていました。そんな私の外での様子を耳にした母は、すぐには信じられず大変恥ずかしい思いをしたそうです。

免許を取れる年齢になり、バイクを買ってほしいと母親に頼んだ時のことです。なんと、母は私のアルバイト先（日本料理屋の皿洗い）を見つけてきました。

皿洗いのアルバイトでバイクを買うのは大変なことでした。当時は中学三年生で、野球部の部活動後にアルバイトに行っていま

母と赤ん坊の頃の私

した。

アルバイト先からは、今では珍しい苦学生だと思われ、学校を卒業したら一人前にしてやると、職人さん達から大変厳しい躾を受けました。

それなりに裕福な家庭でしたが、それがお金に対する母の教育だったのだと、大人になってから改めて思いました。

幼少期より常日頃、何か一つのことだけをするのではなく多くの仕事をしなさいと言われて育ちました。

お陰様で考えながら行動し、かつフットワークも軽いという習慣が身に付きました。

日本生命に勤めていた時も独立した今でも、どこでそんなことを学んだのかと周りからよく驚かれたり、どうやったらそんな風に仕事が出来るのか成功の秘訣を教えてほしいと聞かれたりします。

誰にも答えておりませんが、順調に仕事が出来ているのは根底に母の教えがあったからだと、これを書くにあたり、改めて感謝しております。

生け花で現す宇宙曼荼羅

株式会社クイックはあと　代表
鈴木　裕枝

私の母は定年退職まで団体職員として働く一方で、華道に人生を捧げた人だった。農家のおじさん達を相手に男まさりにバリバリ働き、祖母の介護もしていた。姉御肌で人に頼られ、よく相談事に付き合っていた。

週末になるとお華の生徒さんが離れの稽古場に来て、鋏のパチンとした音を響かせながら、和やかに談笑していた。

生徒さんが帰ると、凛とした空気の中、一人黙々と活けている。心を落ち着けて自分と向き合う時間だったのかもしれない。

ある日、展覧会に向けて蓮の花をモチーフに作品作りに取り組んでいる時だった。咲いている花も蕾も、そして丸い実を閉じ込めてカタカタいっている枯れたものまで、一つの花器に生けていた。

「枯れた実まで使うの？」不思議そうに眺める私に、母は「これはね、現在・過去・未来を現しているの。全てに意味があって、全てが無駄じゃない！　輪廻転生や宇宙の真理、曼荼羅みたいなものね」と。

輪廻転生？　宇宙の真理？　曼荼羅？　当時の私には全くと

シンガポール旅行に向かう
成田空港にて

言っていいほど理解できなかった。

母は六年前に他界し、私はあの時の母と同じくらいの年齢になった。あの時は全く理解できなかった「宇宙曼荼羅」だが、私も齢五〇を過ぎ、人並みの人生経験をしてきた。ようやくその真意がわかってきた気がする。

写真の母の顔を見つめると、「この世の全てに意味がある。そして全て無駄じゃない。過去があるから今がある。今があるから未来が作り出せる。命は育んでは消えて、また命は生まれる。出会いも別れも全て自分に必要なこと。たくさんの別れを悲しむことはない。たくさんの出会いに感謝しなさい。五感をフルに使って喜怒哀楽を感じなさい。そして今世を楽しみなさい」時を経て母がそう私に語りかけている。

人の魂は死後、宇宙に解き放たれるのだろうか。実は母の骨壷を包んでいた絹の布を、納骨の折にもらい受けた。着物好きだった母がこの世で最後に纏っていた布。

私がこの世を発つ時はあの布が母との再会の目印になる気がして、箪笥の奥にそっとしまってある。

何も悪いことは起きていないと扱う祈り

錫木堂株式会社　代表
鈴木　よしの

小学生の頃、いじめられっ子だった私の家に、校長先生や担任の先生、ＰＴＡの会長さん、同級生のお母さんが訪ねて来たことがある。

私は、毎日苦しかったし、死なない限り明日は来るし、小学生ながらに日々生きていくことが大変だった。

そんな中での出来事だったから、何処かで、これで終わる。楽になれる。と、ホッと期待していたかもしれない。

母に呼ばれて、「よしの、皆様、いじめられて大変ではないかと、聞いていらっしゃいますが、どうなの？」

私は、何故か、「何のことか分からない」と答え、母は「娘がそのように言っているので、お引き取りください」と皆さんを帰した。

時が経って、あの時何故、母は取り扱うことなく、何ごともなかったようにしていたのだろうかと疑問に思っても、一五年前に亡くなった母には聞くことが適わなかった。

でもね、思い出した。母はいつもどんな時でも「そう」だった。

母が亡くなる一年前に初産を迎えた私は、急性腎不全になるな

いつもの穏やかな微笑みとは違う、溢れる笑顔に写る結婚式の母

どお産が重く、ＩＣＵに一カ月半ほどお世話になった。体も顔もパンパンに浮腫んで、黄疸で顔はまだら、あちこち血栓で麻痺して顔は引き攣っている私に、大抵の方は暗い顔をして、涙を浮かべて心配な表情をされていた。

それは当たり前よね。でも、母は違った。

一人キラキラ美しいワンピースや着物を着て、とても軽やかにＩＣＵで有名になるほどの華やかさをまとって毎日病院に来てくれていた。

能天気な人だと思っていた。

そんな母が後から教えてくれたことがある。「鏡を見たいと言われた時は困ったよ」と。私の顔は、浮腫み、半分は引き攣って痙攣していたから。

能天気なわけではなかった。

私は母に二度も命を救われていた。

同情されることも同調されることも心配を見せることもなかった母に、「何も悪いことは起きていないから大丈夫」だと、扱ってもらっていたのだと知った。

親愛なる母上

モデルナジャパン　代表取締役
鈴木　蘭美

母上、私を産んでくれてありがとう。当時母上はわずか二一歳。父も同じ早稲田大学の学生。燃え上がるような恋も数年で冷め、学生結婚の後離婚し、一九七〇年代の東京で働きながら子育てに奮闘する毎日。私はそんな母上を、幼いながらもふびんに感じていました。無性に悲しみが込み上がり、毎晩夜泣きしました。そんな時母上は、いつも私を背中におぶって散歩します。子守唄と人工的な街の音が、蛍光灯の光と入り混じってだんだんと眠くなっていく。けれども母上のことが可哀そうで、私はなかなか泣き止みませんでした。

母上は、自由な人です。そしてちょっと変わり者です。日光浴という名の下、丸裸の私を公園で遊ばせていました。保育園には玄米のお弁当で、プールは何故か女の子なのに海水パンツでした。母上が新聞社から創作童話の賞を貰っている姿をテレビで見て、誇らしく思いました。そこで近所の友達を庭に集め受賞式の話を聞こうと思いきや、「さぁみんな、両手を空に向かって精一杯伸ばして。一緒に木になりましょう。ユーラユーラユーラ」……恥ずかしかったです。

母の写真。額に入れて飾っている私のお気に入り

母上は三〇歳という若さで、絵本の会社の編集長となりましたね。仕事中心の生活で、とうとう体調を崩し、寝たきりになった時期もありました。重度のリューマチにも関わらず英国に留学し、ルドルフ・シュタイナーの言語造形を学び、帰国後は熊本で「まなびのわ」の講師に。

最近になって、ロマネ・コンティは、シュタイナーが提唱したバイオダイナミック農法で作られていることを知りました。月の満ち欠けに合わせて収穫期を定め、小さな畑で少量生産を続けることによって自然の持つ潜在能力を引き出す「自然派ワイン」を生み出したシュタイナーは、ワイン界の巨匠と言われています。

幼い頃からハラハラドキドキ見守ってきた母上の世界は、正直私にとって分かりづらいところが多かったです。でも母上の人生の行末には葡萄畑が広がっているのかもしれない、最近はそんな風に思い巡らしています。

これからも、自分らしく生きてください。

母の明るい笑顔

株式会社鈴木マネジメントオフィス
代表取締役社長
鈴木　玲

私は泣き虫で、甘えん坊で、すぐに投げやりになる子供だった。自分に都合の悪いこと、理不尽と思えることが起きるとすぐに癇(かん)癪(しゃく)を起こし、一人の世界に閉じこもり出てこなくなった。そんな私に母は言った。

「どんなに嫌なことがあっても、寝たら忘れなさい。朝は元気に起きなさい」

母は朝、いつも明るい笑顔でおはようと声をかけてくれた。前の日の夜に、お母さんなんか大っ嫌い！　と私が言って寝たとしても、ひと晩寝たら母は明るい笑顔でおはようと声をかけてくれた。

私が返事をせずにふてくされていると、「寝たら忘れなさいっていつも言ってるでしょ」と明るく笑いながら、やさしく声をかけてくれた。それでも子供の頃の私は、母のやさしさを素直に受け入れることができず、母から目をそらし、口をとがらせてすねてばかりいた。

今私は、システム開発の現場で多くの人をまとめてプロジェクトを動かす仕事をしている。その現場で私は何も悩みのない明る

実家近くの清水公園で
花に囲まれて喜ぶ母

い人として生きている。

「大変な状況なのにいつも笑顔で。どうしてそんなに元気なんですか?」

「いやぁ、最近物忘れが激しくて。特に嫌なことはすぐに忘れちゃうんですすよ」

そう言っている時、私は自然と母の明るい笑顔を思い出している。

今、目の前にいる人が大変な時、落ち込んでいる時、私は「子供の頃の自分」に声をかけるように、相手をいとおしく思い、明るく笑って言う。

「大丈夫。心配いらない。ひと晩ゆっくり寝て。明日あらためて考えよう」

どんなに大きく見える問題にぶつかろうと、明るく生きていれば乗り越えることができる。逆に明るさを失えば、人生はつらく難しいものになってしまう。

子供の頃にふれた母の明るい笑顔が、今の私を支えてくれている。

食べ物でふり返る母の思い出

自分史作成サービスわたしの物語
代表ライター
関　和幸

丑年生まれのせいか、食い意地の張った子供で、母にはずいぶん苦労させせたと思う。高校生の頃は運動部でもないのに、二合（大人の茶碗四杯分）の米が入る弁当を、毎日用意してもらっていた。この弁当を一〇時に食べ、昼休みに学食でうどんを食べ、帰宅前にコンビニで肉まん二個を食べていた記憶がある。

母の料理は健康志向で、かなりアレンジが効いていた。たとえば、我が家のカレーには酢がたっぷり入っていた。

おかげで遊びにきた従兄弟は「このカレーは食べられない」と泣き出した。のちに私も、初めて外で食べたカレーのうまさにびっくりしたものだ。

しかし、祖父が料亭でレシピをもらってきたという母の料理は美味しかった。「筍とシラスの山椒煮」、「牛肉のしぐれ煮」は今でも忘れられない。

鳥の唐揚げも私の好物だった。なぜか、いつも真っ黒に焦げ付き「ヤギのフンみたい」と言いながら、モリモリと食べていた。

ギョウザも楽しみなメニューだった。今ではギョウザと言えば冷凍ギョウザだが、母はギョウザの皮を買い、私や妹と一緒に手

筆者の両親と妻子
前列左端が母、後列左が父

作りの餡を包んでいた。

いつも皮は焦げ付き、皮から餡がこぼれ落ちてはいたが、それでも美味しかった記憶があるのはなぜだろう？

また、外食も懐かしい。鰻の「あみ彦」、うどんの「信濃屋」、蕎麦の「川島屋」……あれらの店は、今はどうなっているだろうか？

だが、最も思い出に残っているのは、あるスキー場で食べたカップラーメンだ。割り箸がなかったので、母が細い木の枝を折って、食べさせてくれた。

あの日の青い空と野趣溢れる愉快な気持ちは、いまだに鮮烈に心に刻まれている。

私の大切なお母さん

精神科医　平 光源

私があなたにお会いしたのは、今から二一年も前、私が右も左もわからない研修医の頃でした。

看護師として働いていたあなたは、院長先生の後ろをついて歩く私を見て、「親鳥の後を追いかけるひよこのようで、めんこい（かわいい）先生だ」と笑って見守り、陰でサポートしてくれました。

時が流れ、お母さんは定年退職され、代わりにあなたの娘さんがその病院で医療事務として働き始めました。お母さんの器量の良さと、お父さんの優しい雰囲気を併せ持った彼女はやがて病院の看板娘となりました。私はその病院に二度目の派遣となり、そして彼女と出会いました。

その後に起きた、東日本大震災。「一度しかない人生だから後悔しないよう、やりたいことをやってみよう」と私は開業を決意。「受付なら笑顔の素敵な彼女しかいない」とスタッフとして彼女を迎え、そしてその人は後に私の妻になりました。

あなたは義母になり、再会をとても喜んで、看護師不足の時にはクリニックを手伝ってくれました。

ここで、お母さんがどれほどすごい人か自慢させてくださいね。

両親へのプレゼント
「夢叶えます旅行」
京都嵐山にて

二年前に出版した私の本が、毎週コンスタントに売れ続けている書店がありました。その数累計一三〇冊以上で、その書店では文句なしの年間ランキング一位になり、その書店の社長には、「すごいです。応援します！」とお褒めの言葉を頂きました。

嬉しさ半面、「なぜこの書店だけ？」と思って調べると、なんと毎週本を買ってくれていたのはお母さんだったことが分かりました。

お母さんが少ない年金で私の本を買い集め、「とても良い本なので読んでください」と親戚や日本舞踊の仲間、高校のOB会の方などに頭を下げて勧めてくれていたのです。

お母さん、あなたのおかげで、早ければ三カ月で絶版になるという厳しい出版業界の中で、私の本は今でも書店に並んでいます。

後に、台湾やタイ、中国と海外の出版につながったのは、お母さんの二年間の応援のおかげだと確信しています。

こんなにも私を大切に愛してくれる義母は、私の本当のお母さんです。

私の大切なお母さん、いつも応援してくれて本当にありがとう。

二人の母親

高島易断総本部神聖館　会長
高島　龍星

私には「母親」と呼べる人が二人いる。
一人は実の母であり、もう一人は母の実の姉である。一般的には伯母に当たるが、私にとってはもう一人の母と思える存在である。
母は女姉妹だけでも八人いる、一一人きょうだいの末っ子に当たるので、長女との年齢差だけでもかなりのものである。その結果、母は二歳で姉に子供が生まれ、早くも叔母になったという。
そして私の言うもう一人の母というのも、母よりも実に一五歳以上年の離れた姉に当たる存在なのである。

私が子供の頃の母は、とても活発で、どこにでも連れて行ってくれたイメージがあるが、もう一人の母は、さらに輪をかけて活発で、とても優しく話好きなイメージである。

私が幼少の頃、静岡県静岡市に住んでいたが、もう一人の母は、母の元々の実家であった、東京都中野区に住んでいた。

何度か東京にも行っていたので、子供ながら東京と静岡はもちろんとても遠いと認識していたが、もう一人の母は二、三カ月に

左下から実母、もう1人の母、兄、クマに乗る本人

一度は一人で新幹線に乗って静岡まで来てくれていたくらいに活発であった。

もう一人の母にも二人の娘はいたが、既に大人であったので、まるで私を孫のようにかわいがってくれたものである。

私が生まれた頃には既に祖母もいなかったので、そういった意味で私からすれば母であり、そして祖母でもあるのだ。

本来は実の母についての感謝や思い出を述べるところではあるが、そのもう一人の母が先日九五歳で亡くなった。

とてもかわいがってくれたし、どこでも連れて行ってくれた。

そしてお小遣いもいっぱいくれて、おいしい料理も作ってくれた。

母にも当然感謝はしているが、もう一人の母にも最後に感謝を述べたい。

「今までいっぱいありがとう」

母が残してくれたもの

株式会社サニーテーブル　代表取締役
高橋　滋

朝起きて、ふと思い立ち両親の墓参りに行って来ました。

愛知県にあるお墓までは東京から約三時間の道のり、忙しさにかまけて最近行けていませんでした。

母は大正一三年生まれ、八九歳で亡くなるまでの人生は私から見る限りあまり幸せな人生には思えませんでした。戦争中に青春を過ごし、戦後の混乱期に三人の子供を教師だった父の稼ぎで育てあげたのですから、苦労の連続だったと思います。

私はと言えば高校までは両親と暮らしていましたが共稼ぎの我が家、教師をしていた父親も帰りが遅く、しかも一八歳で東京へ出て来てしまったので世間で聞くような家族の温かみはあまり記憶にありません。

仕事に就いてからも私はずっと東京にいたので、顔を合わせるのは年に一度か二度、思えば親不孝な息子でした。

しかもたまに顔を合わせると心配性の母は、私のする事に全て口を出して来るから喧嘩ばかりでした。

長い間時間を掛けて弱って行ったので、亡くなった時も心構えが出来ていたせいかそんなに涙も出て来ませんでした。

50年前の家族写真

七〇を超えたそんな私ですが、久し振りに訪れた母の墓の前で何故か涙が止まりませんでした。

心から自分の親不孝さを母に謝罪しました。

離れている事を口実に何もしてあげられなかった事が無念で！

若い頃には何の資産も無かった我が家を恨んだ時もありました。

でも今思えば、だからこそ今日まで東京で頑張れたのだと皮肉でも無く心から感謝しています。

そして母は私にかけがえの無いものを残してくれました。

七〇歳の今日まで大きな病気をする事無く過酷な人生に耐えられた強靭な身体です。

もう一〇年か二〇年で私も母の側に行くでしょう。

そうしたら真っ先に親不孝を詫びて、次にありがとうって、私は言ってあげたい！

生きている間にそれが出来なかった事が無念で！

親孝行、したい時に親はいない！

まさに私の人生でした。

母への想い

一般社団法人日本サンマリノ友好協会会長
竹中　寿

あれは忘れもしない、私がまだ実家に住んでいた二〇代前半の頃でした。

熟睡していた朝五時頃、私は突然の腹痛に目が覚めました。腹痛なんて少し安静にしていたら治まるだろうと様子を見るものの痛みは変わらず、たまにくる激痛に耐え兼ね、母の部屋に助けを求めに行きました。

「お腹が痛すぎて耐えられないから、救急車を呼んでくれ」

なんとか力を振り絞って母に伝えた後、私は自分の部屋に戻り、ベッドの中でうずくまりながら救急車を待ちました。

どのくらい待っただろうか。五分、一〇分……いくら待っても救急車のサイレンは聞こえません。激しい腹痛に耐えながら待つ時間はとても長く感じました。

いくら待っても救急車は来ないので、私は母に言いました。

「ねえ、ちゃんと救急車呼んだ?」

「まだ……」

「はぁ!? どうして? お腹が痛いのに何してるんだよ!!」

すると、母から予想外の返事が返ってきました。

孫に抱きつかれる私の母

「……いや、お化粧してから呼ぼうと思って……」

こんな感じで少しのんきな母ですが、とても優しかったです。

私の父は小さな会社を経営していたので、母はそのお手伝いもしながら、家事を全てこなしていました。私がどんなに早く起きようが、夜遅く帰ろうが、常に起きて温かいご飯を用意してくれました。

父の会社を引き継ぎ、子供を持つ今となっては、それがとても大変なことだとわかります。

ただただ感謝するばかりです。

私の父は明るく社交的で、どんちゃん騒ぎが大好きでしたので、社員旅行だけでなく家族旅行にも芸者さんを呼んでいました。私も子供だったので、芸者さんにジュースを注いでもらって飲むのが普通の旅行だと思っていましたが、今思えばあれはうちだけで、よく母は耐えていたなと思います。

母のおかげで子供たちだけでなく、父も自由に過ごしていたと思います。

私にとって母は愛と優しさの象徴でとても偉大な存在です。

母との思い出

田中　敬子
力道山 内

私は、今年の三月六日で八二歳を迎えました。

何の病気もなく、少し腰痛がある程度の元気な私を今日まで見守って頂いた家族、そして近親者に毎日感謝の日々ですが、やはり私を産んでくれた母の大切さと思いやりは、永遠に忘れないでしょう。

その大切な母は、私を産んでから四年後（一九四五年五月三日）に肺炎で亡くなっています。

私はその頃の記憶は全くありません。母が肺炎のため入院していた当時は、戦後の東京大空襲の真最中でしたから、満足な治療を受けられずに亡くなったことを祖母から伝えられました。残念というか惜しいというか言葉がありません。

その時、私は四歳でした。

母の死後も私の生まれた横浜に五月二九日大空襲がありました。Ｂ29のあの「ゴーン」という音とともに、伊勢佐木町が火の海になったのを、空襲警報により逃げた所から目の前に見ました。手が震えて声も出なかったことを今でも覚えています。

私は祖母に助けられ、母の死後は祖母育ちでした。父は戦争に

希少な母との写真

兵士として出ておりましたが、無事戻り、神奈川県の警察官として活躍していました。

そして、私が六歳の頃に父から第二の母、後妻を紹介されました。私は、お母さんと呼べず、最初は「おばちゃん」と呼んでいましたが、成人になるまで怒られた記憶がありません。やさしい笑顔が素敵な、静かな継母でした。

私がJALに就職しました時も、東京のデパートで素敵なワンピースを買って頂き、父が私を叱ってもなだめてくれた第二の母でした。九五歳（平成二八年）で亡くなりました。

お陰様で私を元気な子に産んでくれた母と、父が七〇歳で亡くなった後もいつも気を遣ってくれた継母の恩は忘れません。継母の産んだ男の子二人は成人になるまで私を本当のお姉さんと信じていたそうです。

そんな二人の母を持った私です。

どんな困難があろうと前向きに生きていく力を家族から頂き、今日まで生かされてきました。

感謝のみです。

母との忘れられないあの日々

順天堂大学医師・医学博士
千葉　敏雄

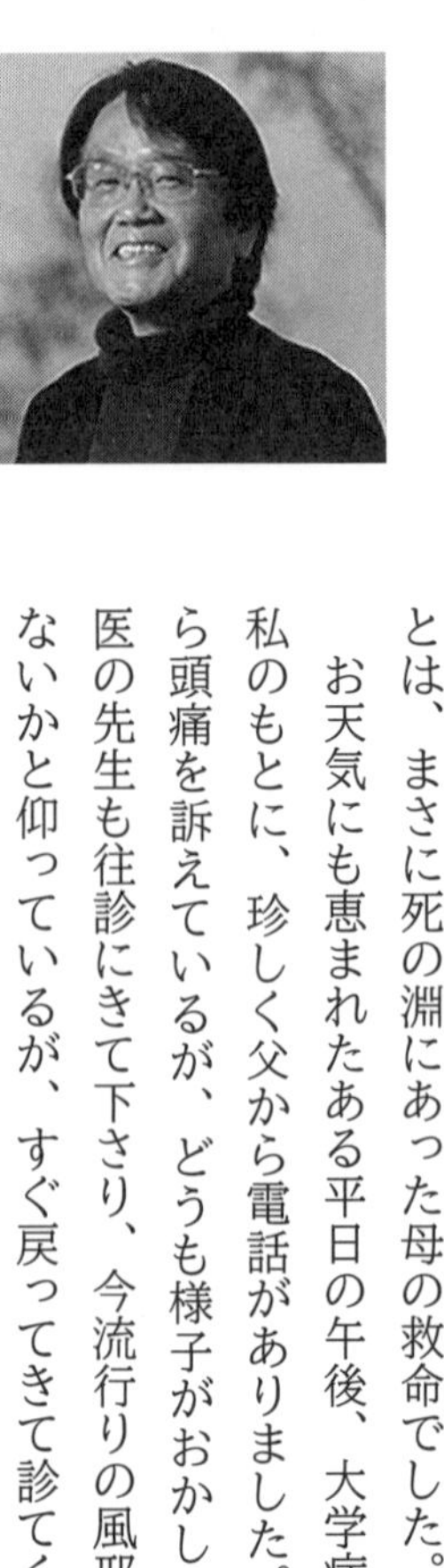

母の思い出といえばやはり食べ物のことなのですが、表面を〝仙台味噌〟でカバーした手作りのお握りは、今でも忘れられないもの の一つです。母はたとえ真夜中でもすぐに作ってくれました。

私は、仙台の大学で医学部を卒業して医師になりましたが、卒後はあまりに多忙な時間を過ごしており、正直、自分は何か親孝行できたのだろうかという想いはいつも絶えませんでした。

その私にとって、母への数少ない孝行となった最も鮮明な記憶とは、まさに死の淵にあった母の救命でした。

お天気にも恵まれたある平日の午後、大学病院で勤務していた私のもとに、珍しく父から電話がありました。〝(母が) 少し前から頭痛を訴えているが、どうも様子がおかしい〟〝いつもの開業医の先生も往診にきて下さり、今流行りの風邪のひどいものではないかと仰っているが、すぐ戻ってきて診てくれ〟とのこと。

すぐに実家に向かった私は、母が危機的状況にあることを即座に判断しました。往診に来て下さっていた近くの先生は、大学の先輩でもあったのですが、もう全く時間はありません。何とか平静を装いながら、〝先生の仰る通りかもしれませんが、一応念のため、自分のよく知る病院ですぐ診て頂いてもよいでしょうか〟とお伺いしてご同意頂き、直ちに来てくれた救急車に私も同乗して病院に向かいました。

救急車のなかで母が突然意識を失った時には、もうダメかと思いましたが、何とか着いた病院でスタッフの方々と大立ち回りを演じ、幸い母は緊急の開頭手術で救命できました。

救急医療の世界では、一刻の猶予もない発症の仕方を〝レッド・フラッグ・サイン〟と呼びますが、それを知っており、対応も間に合ったことが、数少ない私の親孝行の一つでしょう。

医師になって良かったと思えるのは、緊迫したあの日のことと合わせ、やはり退院後の母と父が実家で、本当に仲良く幸せな晩年を送ってくれたことにつきます。

どちらかというと勝気で自立心の強かった母でしたが、あの日を境に、その後の母の人生は父と二人だけの、本当に穏やかな、私も心から羨むものとなりました。

私が子供時代を過ごした実家はもうありませんが、両親、とくに母のその懐かしい記憶は、今でも時々頭に浮かびます。

悪ガキ

中鉢建設株式会社　代表取締役
中鉢　悟

私は妻が愚痴も不満もなく子育てをしてくれたおかげで、子育ての苦労を知りませんでした。実際には、三時間ごとに起きて泣く子に人肌のミルクを飲ませる。寝たかと思えば、今度はおむつ交換……。二四時間休む暇なく続くのが育児です。

後にそれを知った時、改めて母が私へ注いでくれた愛情を感じ、感謝の気持ちが溢れてきました。

私の頭の中の母は、いつもニコニコして私を見守ってくれています。そして思い出されるのは、家が貧乏だった為に、朝早くから田んぼや畑仕事、家畜の世話をして働き続けている姿です。

私が小学生の時に、離婚して父親が家を出てからは、建設現場の日雇いの仕事などをして、女手一つで私を育ててくれました。

しかし、そんな母の苦労も知らず、幼い頃からやんちゃな私。やりたい放題、めちゃくちゃばかりやって、周りの人たちに迷惑をかけていた子供時代でした。そんな時でも母は何も言わず、一〇〇%私の味方をしてくれました。

高校で停学処分になった時も、警察署に呼び出しを受けた時も、家庭裁判所に行く時も、母はいつも私に付き添い、頭を下げてく

きょうだいが多い中での唯一の母と２人の写真です

れました。

本当に私は「大馬鹿者」でした。もしも私が母の立場だったら、親子の縁を切っていたでしょう。それほど、ひどい少年時代を送っていたのです。

そんな私も大人になり「いよいよ親孝行を！」と思った時、母の体は糖尿病に侵されていました。

「これからは貧乏時代に食べられなかった大好物を、お腹いっぱい食べてもらおう」という私の願いは叶わなくなってしまいました。

それでは「とにかく長生きしてもらおう！」と、長期入院を病院にお願いし、手厚い看護をしてもらっていましたが、ある日、見舞いに行った時、私が聞いた母の言葉は「もういいよ……」。

長い入院生活が逆に母を苦しめていることに、私は気づけませんでした。

母は今も天国から何も言わず、ニコニコしながら私のそばで見守ってくれています。今回、母のことを想うきっかけを作っていただいた上村雅代さんに、心から感謝しています。

産んでくれた母こそ私の神様

ロータスフリースクール　理事長
ディップ・アグラワール

インド、ビハール州に住む母、サヴィテリー（Shwetri）は、四人の姉、兄、私、妹、弟の八人を産み育てました。毎日、一五人分（祖父母、両親、きょうだい、お手伝いさん）の食事を作り、井戸の水を汲んで食器を洗い、洗濯板で洗濯していました。

姉たちが嫁いでからは孫の面倒を見て、娘婿をご馳走でもてなしました。

父はタクシー会社を経営しながら農作業をして、姉と妹五人の結婚持参金を捻出した苦労人です。

二〇一三年のこと、そんな父が七五歳で心臓病に侵されました。父を亡くした母は、人が変わってしまったようでした。寂しさから多量の酒と、一日一〇錠もの睡眠薬を飲むようになったのです。

離れて暮らしていた私は、母を呼び寄せ、一年間一緒に暮らしながら一〇錠の睡眠薬を一錠ずつ減らしていきました。酒と薬で頭が働かない母に噛まれたりもしましたが、一年かけて全て辞めさせました。

その時の後遺症もあり少し痴呆が入りましたが、母は今、また、きょうだいたちと暮らしています。八三歳になり、ベッドで寝て

デリーの空港にて
３年前、母のサヴィテリーと私
このとき母は、人生で初めて飛行機に搭乗した

過ごすことが増え、歩くのはご飯とトイレくらいになりましたが、私は毎月一度、一五五キロを運転して会いに行っています。会いに行く時間を大切にしたいと思っています。

私は今、ビジネスで得たお金や募った寄付を活用し、貧困などのために学ぶ機会に恵まれない子どもたちの学校を三校運営しています。約一九〇人の子が毎日、学校で学んでいます。学校運営は大変ですが、学校は私の生きがいです。

父がまだ存命で母も元気だったある時、二人が私の学校に来て、「人を助け自分の世界を作り、自分の人生を生きなさい」と声をかけてくれたことがありました。

死んであの世に持って行けるものはないのですから、喧嘩したり戦争したりするのではなく、どんな人も平等に、楽しく日々を送れることを願っています。どんな人にもいいところもあれば悪いところもあるけれど、私には忠告してくれる友人がいる、それが嬉しいのです。

お母さん、産んでくれてありがとう。

母から学ぶ人生訓

江東区議会議員・社会福祉士
徳永　雅博

私が小学生の頃、母は毎晩重たい荷物を持って家に帰ってきた。中高生の二人の兄と小学生の私は食べ盛りで、母子家庭であったハンディを噯(おくび)にも出さず、袋いっぱいの食料を手に提げて家に戻ってくるのが日課であった。

自分自身が仕事でどんなに疲れていても、食事の支度を忘れることはなかった。母としての崇高なプライドがそこにはあったのではなかったかと思う。

そんな母は働きすぎで喘息の発作を起こして寝込むことがあった。二人の兄は部活動で忙しく、小学生の私は救急車に乗ってよく病院に駆け込んだことを昨日のように思い出す。

当時保険の外交員、料亭の仲居、化粧品の販売員と大忙しで四六時中働いていた母は、休む暇もなかったのだろうと今では考えられるが、小学生の私はそんな母の状況を理解することもなく、ただ母の看病から抜け出して、早く遊びに行きたかったのが本音であった。

しかしそんな中でも、病床にいたからこそじっくり聴けた母の苦労話やそれぞれの仕事から見える人間模様のエピソードは、私

尼崎市七松幼稚園に通っていた頃の母と私

の人生に大きく影響を与えている。

兄が競艇選手になったきっかけでもある、競艇場で予想屋をしていた人の家に化粧品の販売で母と同行した時のことだ。人間がいかに欲深い生きもので、自分を美しく見せたいなどの永遠につきない願望は時には間違いも起こすが、時には人間を育てる糧にもなると言われたことがある。

当時は正直よくわからなかったが、二四歳から政治の世界に入り、国会議員の秘書を経て現在まで六期地方議員を続けている今では、人生経験豊富な母の一言一言が胸に突き刺さってくる。

そんな母が私に一番語った言葉は、「ありがとう」という感謝の言葉を忘れるなということだった。人間は順風満帆で権力を手にした時、得てして周りで支えてくれた人々を忘れがちである。その驕りを戒めるのは、日々の感謝の気持ちだと常々語っていた。

感謝。

母の悔い

メディアユニット株式会社
代表取締役
トニー　野中

私の母は、祖母から二代続く女優でした。

母がまだ女優として駆け出しの頃、大学生だった父と出会い、学生結婚に踏み切ったことで無名女優のまま引退しましたが、私が物心ついた頃に母が出演する映画をテレビで観たことがありました。

まだ昭和三〇年代のことですから白黒映画でしたが、若き母が生き生きとして役を演じていたことが印象的でした。

そんな両親の結婚式が載った週刊誌の記事を母から見せてもらったことがありましたが、結婚式場で二人きりで執り行った挙式が当時とても珍しかったようで記事になったとのことでした。

私は両親のもと長男として生まれ、その後二人の弟が生まれ、名古屋で暮らしていましたが、私が小学三年生の時、両親が離婚をしました。

母は子供三人を父に託して東京へ行き、私達兄弟は父の後妻に育てられることになりましたが、三人とも大人になると、母が暮らす東京で就職し、それ以降、都内で暮らしています。

母は今でも子供達に辛い思いをさせたことを悔い、事あるごと

母を囲み兄弟全員で訪れた
沖縄旅行にて

にそのことを口にします。

子供達に少しでもお金を残せるよう、一生懸命働き続け、七〇歳を過ぎても歳を誤魔化してまで駅前のうどん屋でアルバイトをしていました。

私達兄弟は、そんな母を見守りながら、母には残りの人生を自分の幸せのためだけに時間とお金を使って欲しいと思い、母にそのように促すのですが、頑固な性格のせいなのか、全く聞き入れてくれません。

一度しかない人生、後悔無きことを願うばかりですが、最期の息を引きとる三〇秒前に「自分の人生は幸せだった」とニコッと笑って旅立って欲しい。

私も還暦を過ぎ、人生を振り返ることも多くなりました。

私の幼少期は学校でも引っ込み思案で今では考えられないほど弱い子供でしたが、両親の離婚のおかげで自立心が芽生え、心身ともにたくましくなれたと思っています。

今はただ、酸いも甘いも経験させて頂いたことに、心からの感謝の言葉しかありません。

あらためて今、母を想う

株式会社T＊SIS　代表取締役
歯科衛生士
ほめ育ジュニアコンサルタント
艶育み（ツヤはぐくみ）プロデューサー
豊山とえ子

母はとにかく豪快な人だった。働きもので大食漢。喜怒哀楽がはっきりしているためか、父に怒られることもしょっちゅうだったが、いつも明るく笑い飛ばしていた。

実は生まれた時から耳がほとんど聞こえない聴覚障害者なのだが、一見わからない。母と話す時は耳元でゆっくり話せば、なんとか通じる状態。小さい頃、これを不便と思ったことはなかったが、晩年は「さっぱり聞こえねー」と弱音を吐いていた。

実家は米農家。宮城県登米市の小さな町で、家の周りは田んぼや畑が延々と続くのどかなところだ。梅干し、味噌、高野豆腐、胡瓜の古漬け、白菜漬け、たくあん、採れたての卵。手作りのイカの塩辛は絶品だった。イカと塩だけなのに、どうしてあんなに美味しくなるのか今だに謎である。庭先で作る季節の野菜たち、トマト、胡瓜、茄子、じゃがいも、大根、にんじん、枝豆、大葉、ごぼうなどなど。おやつは焼き味噌おにぎり。それよりもパンやお菓子が美味しいと言っては、ご飯前にも食べてよく怒られた。そして、適当すぎる歯磨きで虫歯を大量生産したのは間違いない。この頃は当たり前すぎて全くわかっていなかったが、こんなに贅

2019年、実家の縁側で
私を優しく包んでくれた母の
温もり

沢なことはなかった、としみじみ思う。

孫たちに車椅子押してもらって「ありがとう、ありがとね」。お嫁さんにご飯作ってもらって「ありがとう・いただきます・ごちそうさま」。

来客が帰る時、部屋にいる私に「出てこい、ちゃんと挨拶しなさい！　見送りしなさい！」と毎回戒めてくれた母。人生で一番大事なことを教えてくれてたんだね。

当たり前を見せ続けてくれた母に感謝。


耳のこと、本当はどんな気持ちだったのかちゃんと聞けばよかった。私がもっとできること気にかけてあげればよかった。母の耳が聞こえないことを恥ずかしいと思っていたことが恥ずかしい。母ちゃんごめんね。

時々、私を呼ぶ母ちゃんの声が聞こえてくる。「とえこー、とえこー」、思い出すだけで胸が熱くなる。幾つになっても、私は愛されていた。

そして今も。母ちゃん産んでくれてありがとう。

天真爛漫な母に感謝

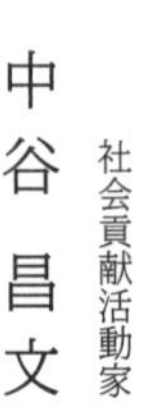
社会貢献活動家
中谷　昌文

私は、先祖代々銀行家系のおおらかな父親と、ミス福山に選ばれた明るい母との間に生まれました。

母は四人の子どもを授かりましたが、長女は産まれて間もなく命をなくしました。きっと深い悲しみがあったと思います。

そうして、姉、私、妹の三人きょうだいを育ててくれました。

母は福山市の田舎で、八人きょうだいの末っ子として育ちました。元気なお転婆娘だったようです。学生時代はソフトボールに夢中になって、身長も高く、同性にも人気者だったと聞いています。性格はサバサバしており、粘り強く、ミス福山に選ばれ後にミス広島にもなったほど、美人で自慢の母です。

両親の出逢いは、母が勤めていた化粧品会社に担当銀行員である父が訪問した時でした。父からは聞いたことはないですが、恐らく一目惚れだったのでしょう。母は、一番真面目な人を選んだと言っていました。

それから母は夫の両親と同居し、更に叔父・叔母とも一緒に暮らし、家事と子育てを一手に担っておりました。バラバラの食事時間、子育ては待ったなしで本当に大変だったと思いますが、記

私の母親は、85歳です
元気で、毎日毎日過ごしてます！

憶のなかの母はいつも笑っていました。

今でも父にいつも寄り添って支えています。昔から、喧嘩をしても、今だに変わらずお風呂は一緒に入っています。唯一の時間なのかも知れません。誰にも邪魔されない二人の……(笑)。

現在の私があるのは、母からの厳しい愛あるしつけの賜物です。大人になっても困らないように、世界でも通用する人になれるようにと剣道・柔道・書道・茶道・華道などへ通わせてもらいました。おかげで「道」を極めることの大切さを知りました。

いつも応援して励ましてくれ、起業の時も反対もせずに、『一度しかない人生だから……』と背中を押してくれます。

手紙もよく書いてくれます。そのおかげで離れていても元気な様子がわかります。そんな母ももう八五歳です。

口癖のように『人生一度きり！』と言うだけあり、元気で天真爛漫は健在。スクーターバイクに乗り老人会に行って、グランドゴルフのスターになっているようです。私はこの両親に育まれて幸せです。

まだまだ親孝行をしたいと願っています。

母親の思い出

ITCアエロリーシング
取締役会長
中山　智夫

母、中山孝子は平成二九年七月二五日に享年九二で他界しております。母の思い出としては、常日ごろ「他人様には迷惑を掛けないように」と口癖のように言っていたことが挙げられます。普段は煎茶と習字の先生で、授業料も取らず友人・知人に教えていました。私が、商社マンとして伊藤忠商事に勤務、北アフリカのチュニジアで初代事務所長として奮闘していた時でも、「身体に気を付けて頑張って」と応援をしてくれました。又、チュニジアで独立してＩＴＣを起業した際にも常に自分を信じていてくれました。その後、本社を日本に移して航空機リース事業を始めた時も、唯一「他人様には迷惑を掛けないように」と言い聞かせて、僕を信じてくれました。

ビジネスも順調に倍々で売り上げが伸びて、上場準備に入る時期になって、右腕として信じていた副社長のＳ氏の会社乗っ取りに遭って、当時五〇歳で一〇〇億円を超える航空機リース資産を会社ごと持ち出され、どん底に落ち込みました。母は「Ｓ氏に騙されて、財産を失ったけど、お前がＳ氏を騙したのではなく、騙されたのだから、まだましだ。頑張って再起を図りなさい」と励

米寿（88歳）の長寿のお祝い時

ましてくれた。金融機関からは、不条理な企業と資産の乗っ取りに遭った僕に弁護士費用などを協力するから裁判で決着をつけてはとアドバイスをいただき三年越しの裁判を起こした。S氏はそれを阻止しようと、僕の母に「裁判など起こすなら一家離散する羽目になりますよ。即、取り下げろ」と深夜に電話で告げてきました。これには母も極度に血圧が上がって、左目を失うことになったのです。僕としては母に大変申し訳なく、本当に痛恨の極みです。加えて、妻や二人の娘にも苦労を掛けて申し訳なく思っています。幸い、裁判の判決は「極めて長期に仕組まれた企業乗っ取りと資産の持ち出しで、持ち出した資産と会社を元に戻すこと」となって勝訴しましたが、民事裁判故に何も戻らず、どん底からの再起となりました。家族の温かい支援を得て、現在長女、美梨香が社長となって弊社は六三機に及ぶドクターヘリ・小型航空機を世界六カ国でリース運用し、年商一二〇億円規模と乗っ取り前の事業にまで再建を図ることが出来ました。亡き母は、健在であれば、今年九九歳。大津・膳所の御殿浜にある菩提寺『西念寺』で安らかに眠っております。

お母さん、ありがとう

日本電気株式会社　取締役会長
新野　隆

母、吟子は昭和二年生まれで、今年九六歳になります。

両親ともに四国の松山出身ですが、結婚後は姑のあたりも強く、その後は福岡に移り住むことを決断し、姉二人と私を育ててくれました。現在は、姉夫婦と共に、松山在住です。

父は銀行員で生真面目で言い出したら聞かない人でした。私が小学生の頃の母は「頭が痛い、耳が聞こえない、目がみえない」と、身体的にも相当弱っていました。さらに上の姉が三一歳という若さで子供三人を残して急死したり、認知症を発症した父を一〇年間介抱したりと、振り返れば苦労の多い中、その時々でできる最大のことを全力でやってきた努力の人です。

小学生時代、特に私に課せられたのは、遊びに行く前の毎日のテスト。元祖『教育ママ』でした。遊びに行くにはテストをやってから、という母のルールに従わざるを得ず、中学受験前、毎週の模擬試験を受けたことも記憶に残っています。

当時はうるさいと思うこともありましたが、そんな母のできるだけの教育があってこそ今があるのだと思えます。

福岡教育大学附属中学校、修猷館高校と進み、現役で京都大学

令和５年
孫夫婦とひ孫達とともに
道後温泉宿にて

に入った時、母は喜んでくれました。そして大学の四年間、家計を切り詰めて仕送りをしてくれたのです。

ＮＥＣに入社したときも「よかったね」と言ってくれました。その後も役職が付き、常務、副社長、とその都度喜んでくれました。ところが、社長になったときだけは違ったのです。

社長を務めていた間、私は母に「あんた、体、大丈夫ね？」と、言われ続けていました。体調を常に心配していたのだと思います。

実家は曹洞宗で、特に父亡きあとの母は「いろいろな人に助けられて生かされている」という思いが強く、毎朝、信心深くお経を唱えています。

先日、私の娘夫婦と孫二人を連れて帰省すると、すごく嬉しそうな顔をしてくれていました。

この歳まで生かされるなんて思ってもいなかったというのが、最近の母の口癖です。体が弱く、苦労してきた母でしたので、少しでも今後も母らしく、元気でいて欲しいと思います。今の私があるのは母のおかげです。常に私をサポートしてくれた母に感謝と敬意を表します。

残念を超越した母への想い

ヒロコマナーグループ　代表
美道家・マナー解説者
西出　ひろ子

「お母さんは、そんな子を産んだ覚えはない」――私が中学二年生のとき。いじめに遭い「もう学校に行きたくない」と言った私に、母から贈られた言葉である。私は「ごめんなさい」と言った。母をがっかりさせるようなことは言ってはいけない、母を喜ばせてあげられる子になりたい、そう思ったことは今でも強烈な記憶として残っている。

父と離婚後、一人九州にいる母を誘い、初めて二人で北海道旅行をした時のこと。夜、宿泊中のホテルで館内避難をしたほどの大きな地震が起きた。弱みを見せない強い母が、「きゃあ」と言って怖がった。「お母さんって可愛い女性なんだ」と初めて思った。本当はこんなに可愛いのに、それを素直に表現できない生き方をしたことが残念でならない。

その後、父も弟も自ら今世に終止符を打った。

母は今どこにいるかわからない。

生きていれば八〇歳。唯一の頼みの綱は実家の納骨堂である。お参りに行くたびに、台帳に母の名があることを管理人に確認し、ホッとする。「お母さん、元気なんだね。生きていてくれているね」

また一緒に旅行したいですね

と想う。納骨堂の引き出しに母宛の手紙を入れている。「いつでも連絡してきてください」と。

自宅でも和服を着こなし、鏡餅もおせちも全て自分で作るお料理上手な母。家事全般、身だしなみも完璧な母。私とは正反対だ。

今、私が互いを思いやる心からのマナーを伝える人になれたのは、こうした家族の生き方のおかげ様である。幼少期から日本のしきたり、慣習、所作を生活の中で教えてくれたのは母である。

テレビに出演した時、新聞雑誌でコメントをした時、この大空の下のどこかで母が見てくれていることを期待しながら活動をしている私がいる。

六〇歳を目前にしている私だが、今でも腹痛で苦しむとき、心の中で「おかあさーん、助けてー」と叫んでいる。

世界にたった一人の私の母。

幸せであってほしい。その可愛らしさを表現し、甘え上手であってほしい。

再会を夢見て——

お母さん、ありがとう。

母を偲ぶ

あさひ法律事務所　弁護士
庭山 正一郎

母が親の勧めに従って一九歳で父に嫁いだのは昭和一九年一〇月。戦禍が本土を直撃してきたころである。大阪船場で呉服卸問屋を代々営んできた小沢家の次女として何一つ不自由なく育ち、宝塚の葦原邦子の熱心なファンだった。実父にせがんで宝塚ガールを自宅に招いたころは、おそらく生涯で何の不安もないもっとも幸せなひとときであった。

父は大蔵官僚で、すべてを上から目線で処理することしかできない人だったので、家庭生活を夫婦でともに築いていくなどの甘い夢は、おそらく望むべくもなかったと思う。長男だった父は家長の責任感で大学生の末弟を同居させ、また晩年の実母の世話も引き受けたが、こうした世話が母には相当の負担になっていた。

小学校のときには夜七時三〇分には就寝する習慣で、布団に入ってから物語好きな母から本を読んでもらうことが何よりの楽しみだった。「小公女」や「小公子」はそのとき心に残った物語だ。

エリート官僚と良家出身の専業主婦の組み合わせとしては、それなりに順調な家庭だったと思う。もっとも、学校から帰宅したときに、母が直前まで泣いていたと分かったことも再三ならず

2006年9月父の誕生日に食事会をした際の両親
父89歳、母81歳

あったが、母が愚痴をこぼしたことはなく、数年に一度芦屋の実家からくる実母に甘えていた姿が印象的だった。大学に入学して覚えた社交ダンスの復習で母と踊ったときの楽しそうな表情も忘れられない。

父は昭和四六年、日本住宅金融（株）が設立されたときに社長に就任し、母も家族の世話から解放されて趣味のお茶などを楽しめるようになっていた。しかし、日住金がバブル崩壊のあおりで破綻すると、父は国会などで経営責任を巡ってピントの外れた攻撃にさらされた。九品仏の自宅を売却し、住宅金融債権管理機構に一億円を支払って和解をするなどの間、母は終始支え続けた。

母は父が二〇一二年に他界した二年余あとに、心不全で八九歳で急逝した。その前の週に母を訪れて、母が好きだった茶を点ておいしいと飲んでくれた直後だった。

母は、従順で優柔不断だったが、私の花嫁候補として妻の邦子の名前があがったとき、妻子を養う自信がまだなくて逡巡していた私に、「この話を断ったら一生後悔するから」と断固として私に決断を促した。私が知る限り、母の唯一の自己主張だった。

母のひと言が慢心を消してくれた

株式会社綱屋　代表取締役会長
萩原　正綱

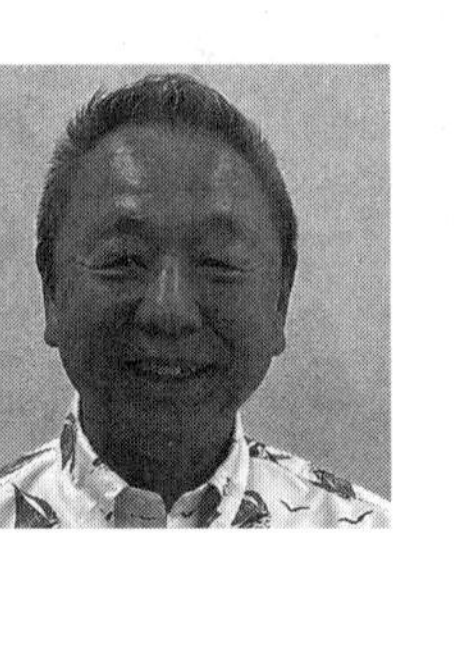

母は、自分のことよりも人のことを考える優しく芯の強い人でした。

私が幼いころ、年に二回ほどお祝いがありました。その日は、餅をつくかおはぎを作るのが習わしでした。当時は、砂糖が貴重品ですから、甘い物はぜいたく品です。

お祝いの日、母はおはぎを五〇個ほど作ります。しかし、三〇個以上はご近所に配ります。おめでたいことは分かち合うという考えからだと思います。両親と子供六人の我が家は、残った二〇個ほどを頂きます。

また、近所に盲目のお年寄りが住んでいました。その方が杖を突いて歩いている姿を見かけると、母は必ず、その方にわずかなお金とお菓子や食べ物を差し上げてくるよう私に持たせ、出来る限り道案内もするよう言い付けていました。

経済的に豊かな家ではありませんでしたが、母は、人の幸せを願い、困っている人を見過ごせない、そして人の幸せを喜ぶ人でした。反対に、母から他人を批判する言葉を聞いたことは一度もありません。

私は二五歳で独立、母の影響もあって、人に優しく親切にすることは心掛けていました。しかし、母が郷里の長崎県平戸市から福岡の私の家に泊まりに来た時、何かの拍子に従業員の愚痴をこぼしたことがありました。当時、会社を設立して八年、肉の小売店とレストラン事業を手掛け、五〇名程の従業員を抱えていました。母は最後まで話を聞いて、

「従業員にはご両親がいる。ご両親は皆、自分の子供の幸せを願うもの。私も、お前が就職する時は、その会社に息子を成長させてくださいと心で願ったよ。お前が預かっているお子さんのご両親も、皆そんな思いがあるんだよ」

と穏やかに言いました。

私は当時、事業が上手くいっていたので調子に乗っていたのだと思います。そんな私を優しく諭す母の言葉に目が覚め、その優しさに涙が出ました。そして、それからは親のような気持ちで従業員に接しようと決意し努力してきました。

あの時の母の言葉がなければ、その後の会社の成長は勢いを失っていたかもしれません。

お母さん私を生んでくれてありがとう

株式会社TOWN NET
代表取締役
長谷川 毅

昭和二年五月一二日、母は浅草で生まれ歯医者の娘として育ちました。浅草生まれ浅草育ちの母は、チャキチャキしたとても気の利く品の良い綺麗な人で、私にとっては自慢の母でした。

令和二年一〇月一日、満九三歳で自慢の母は生涯を閉じました。亡くなった当日、商談に入る間際に病院から、今朝から少し息が荒いので来られた方がという電話を頂いたのですが、自分の母が死んでしまうという感覚が無く、そのまま商談に入りました。夕方父から「お母さん今息を引き取ったよ」と連絡が入りました。急いで病室に行くと、ベッドの上の母はもう目を閉じていました。

「お母さん僕を生んでくれて本当にありがとう」と、冷たくなった頬を触り、生きている時は言えなかった遅すぎた感謝の言葉を、恥じらいもなく涙を流しながら母の亡骸にかけていました。

小学校まではママ、中学生になるとお母さん、そして高校生、大学生時代はおふくろと、呼び方を年齢ごとに変えていましたね。

事情があり一五歳から一人暮らしの私の部屋に来ては毅、毅といつも心配していました。

両親と幼稚園時代の私

本当にいつもいつも……。

その母の思いを素直に受け止められず「煩いなあ」「もう来ないでくれよ」と貴方を追い返すようにしていましたね。

一緒に買い物に行こう、一緒にご飯に行こう、一緒に旅行に行こうが母の口癖でした。

父の会社が倒産してから、母は自分で働いた僅かながらのお金を、自分のお洒落着でなく私の為に使おうと必死でした。

一人っ子の私の事を生き甲斐に思っていたのだと思います。

そんな母の必死に生きる背中を見て私は育ってきました。

この人に楽な生活をさせてあげたい、良い家に住まわせてあげたい、美味しいものを食べさせたい、そんな気持ちが私の原点にありました。

施設に入った母に会いに行っても優しい言葉をかけられず、仕事を理由に直ぐ帰り、素直に母の手も握ってあげられなかった事を今は本当に後悔しています。

街で母に似た背中を見ては、母の笑顔を思い出します。

感謝、感謝。

母からもらったギフト

株式会社ＧｉＶＥＲ　代表取締役
こどもたちに教育と経験を残す
一般社団法人　代表理事
早水　丈治

二〇二一年六月五日、母から大きなギフトをもらった特別な日。ギフトの中身は絶対的な自信、そして、僕が立ち上げた会社の名前。僕の一生涯の宝物です。

その特別な日は、愛する母の命日でもあります。母は五四歳という若さでこの世を去りました。持病があったわけではありません。ある日、感染経路不明で、Ａ群β溶血性連鎖球菌という感染症に罹患し、一カ月後に家族や友人に看取られ息を引き取りました。

四月終わり、母は大学附属病院の集中治療室に意思の疎通は難しい状態で緊急搬送されました。そのときの検査結果を見て、医療人である僕は母の未来を悟りました。生きていることが奇跡、としか言いようがない結果。

当時、新型コロナウイルスが流行していましたが、母の状態が状態であったので、代表者一人が面会を許されました。その代表者が、医療人であった僕でした。

面会に行くたび、弱りゆく母に元気づける言葉をかけ、病院をあとにする。その後、父や妹たちに状況を説明する。そんな日々

初孫のお宮参りで喜ぶ母と父
鹿児島市・新田八幡宮にて

が続きました。

　何かしなければと思い、担当の医師に、母を救いたい一心で無理な交渉も行いました。その交渉は医師に受け入れられ、実現することとなったのです。この経験が絶対的な自信のギフトとなります。

　母の葬儀には、新型コロナウイルスの流行下にもかかわらず、多くの方が足を運んでくれました。なぜ母が、こんなにも好かれているのか？と考えました。その答えは、母は多くの方に、元気と笑顔と明るさを与えてきたということでした。その母の生き方（在り方）が多くの人を惹きつけたのだと僕は考えています。その生き方（在り方）を僕の会社にいただき、社名を株式会社GiVERとしました（GiVER＝与える人）。

　今気づいているギフトがこの二つです。他に多くのギフトを与えられていると思います。残りの僕の人生は、そのギフトに気づき、次の世代に伝えることだと思っています。

　ありがとう。お母さん

徹底的に〝ほめ育〟してくれた母

ほめ育グループ　代表
原　邦雄

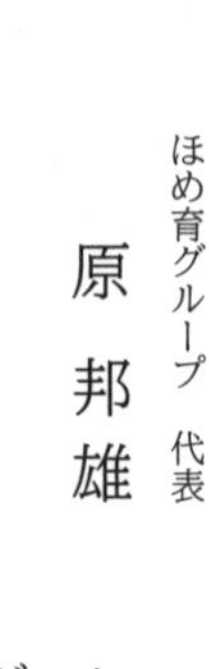

私はとてもやんちゃで、近所の川や海で、毎日体力が尽きるまで遊んでいた、スポーツの大好きな男の子でした。絶対味方の母の安心感を自覚しながら〝すくすく〟育ちました。

私たち家族はクリスチャンで、聖書と聖歌に囲まれた環境で時間を共にしました。

祖父母と一緒に生活していたので、にぎやかでした。また、アメリカ・ロサンゼルス近郊の学校との交換留学もあり、今で言うグローバルな考えが自然に身についていきました。

母はいつでも私の味方で、友だちと喧嘩しても学校の先生に呼び出されても、「よくがんばったね」と言ってくれていました。

大学時代、二人でアメリカを車で旅した時に見た、渡り鳥の大群がらせん状に飛び立つ瞬間や、LAを三時間かけて歩き回ったことなど、良い思い出しかありません。

母の〝子どもの味方になる覚悟〟と、徹底した〝ほめ育〟の背景には、いったいどんな考えがあるのか、私も二児の親として、見習うことばかりです。

四年前に父が急逝した時から、家族は一気に次のステージにい

笑顔いっぱいの母と私

きました。神様は、生きることの大切さをプレゼントしてくれ、同時に感謝、そして悲しみという感情が、私たち家族を色々な人の感情に共感できる人間に成長させたと思います。

人生は一度切り。

全ての人は、出会いがあれば別れがあります。長い短いは関係ありません。人類の歴史から見たら、どの人生も一瞬です。だからこそ、お互いが尊敬し合い、ほめ合い、感謝し合うことがもっとも大切なのです。

そして、家族は絶対の味方であること。

長所をほめて育てること。

草木を育てるのと同じように、根っこに水をあげること。

方向性が違えば少しアドバイスをしてあげること。

子どもも大人も自立し、自分の使命を全うすること。

そうした、神様からほめられる生き方をするのです。

母と出会い、いつかは別れが来るその時まで、お互いをほめ合い、感謝し合い、妻や二人の娘、妹家族ともずっと仲良く人生を謳歌したいと思います。

秋の夜長に母とお出かけ

Music and Arts in the Milieu 代表
原　真理子

秋晴れの日曜日。夕日が沈む前に、母と最寄りの駅前デパートや生協へ向かう。

久しぶりの母娘二人での外出。近夏、新調した車椅子の押し心地も快適だ。

今日は和食を食べようという母の一声で、マンション下にある隠れ家的な居酒屋へ向かう。距離は離れていないはずなのに、場所がわからず右往左往。早速、母が通りすがりの初老の女性にたずねると、居酒屋に向かうエレベーターの場所を丁寧に教えてくださった。「あそこ、安くて美味しいよ～！」「そうなんですね～」

そうそう、母と出かけると、いつも知らない誰かと気楽で楽しいおしゃべりが始まる。

「さんま、食べようか。天ぷらも。定食にして半分こ？」

「わ、あんきも～！　お父さん好きだったね」

「まりちゃん、食べたら？」

母と二人で居酒屋なんて二〇年ぶりくらいだろうか。生ビールを片手に、母と水入らずの貴重なヒトトキを噛み締める。芦屋にゆかりのある作家さんの話に花が咲く。

金木犀香る実家のリビングで団欒

「娘さんが車椅子押してくれるなんて、幸せやねえ〜！」

ほろ酔いで居酒屋を出る際、順番待ちをしていた知らないおばさんに話しかけられた。

幸せなのは、娘の私だー。

日本を離れて海外に住むようになって早一四年。八年前に子供がうまれてからは一時帰国しても育児でドタバタ。介護を受けながら独居している母も、こうやって気ままにショッピングや外食に出かけるのも数カ月ぶりだったようだ。ついつい私も調子に乗って、居酒屋のあともカフェ、服屋、靴屋、化粧品店を回る。お腹いっぱいのはずなのに、ケーキも半分ずつ食べる。

実家を出たのは四時過ぎで帰宅は夜の八時前。要介護の母七四歳、育児中の私四四歳にとって、思いっきり羽目を外した秋の夜。

「今日は、一気にロンドンとニューヨーク旅行に行った気分やわ〜！」

と母も非日常な時間を謳歌してくれたようだ。金木犀の香りに包まれた実家の庭で、秋の夜空を見上げて深呼吸。

こんな時間を母とこれからも重ねられたらと、ささやかに願う。

母が教えてくれたこと

司法書士
比留間　孝司

「きちんとしなさい」
——これがいつもの母の口癖でした。
私が中学生くらいまでは、いわゆる「教育ママ」だったと思っています。ただ学校の成績にこだわるだけではなく、何ごとにも真面目に取り組む姿勢をきつく教えられました。

私の実家は当時専業農家でした。その「長男の嫁」として、母に大変な気苦労があったことは、子供心にもよく分かりました。時として、そのとばっちりが私や妹に降りかかったように感じられて、よく喧嘩にもなりました。

私が大学生の頃、祖父母が相次いで他界しました。そしてその時期あたりから、それまでとは母の様子が変わったように感じました。

まず私たちに口うるさくすることがなくなりました。そして毎朝、仏壇の祖父母の位牌に向かって長い時間手を合わせる姿を見かけるようになったのです。

あんなにいろいろあったはずなのに……何か不思議な気がしま

小学５年生の夏休み
母と妹と

した。

　これは私の推測です。

　母は与えられた環境をそのまま受け入れ、自分を律することで、何を為すべきかを自分で判断する意味を自然に分かっていったのでは……。

　本当の意味での「自律」と「自立」。それを子供たちに分かるように言っていたのが「きちんとしなさい」だったのではないかと思っています。


　私が三〇歳になり、司法書士として独立開業することを両親に報告した際にも、母からはただ一言「きちんとやりなさいよ」だけでした。

　それから四半世紀。

　母はいま介護施設にお世話になっています。面会の時にも前ほど言葉をかわすことがなくなりました。

　それでも穏やかな笑顔から、またいつもの一言が聞こえる気がしています。

わが母にまさる母ありなむやと

株式会社致知出版社 取締役
月刊『致知』編集長
藤尾 允泰

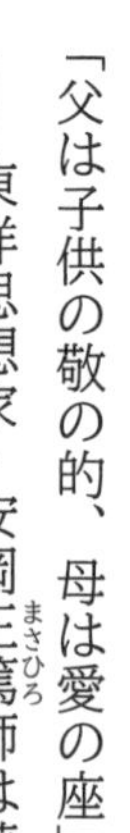

「父は子供の敬の的、母は愛の座」

――東洋思想家・安岡正篤（まさひろ）師は著書『日本の父母に』（致知出版社刊）の中でこう説いています。父親は子供にとって尊敬の対象、母親は溢れる愛情で子供を包み込む存在、それが父親らしさと母親らしさであり、お互いの役割ということです。

換言すれば、人は愛だけで育つことはなく、愛と共に敬する心を持って初めて人は人と成るのだ、ということを教えてくれています。

この言葉に初めて出逢った時、私は自分の両親を想起せずにはいられませんでした。まさに私にとって父は敬の的であり、母は愛の座であるという思いが湧いてきたからです。

父親は人間学を探究する致知出版社の社長を務め、常に真剣誠実に仕事に打ち込み、修養を重んじ、威厳がある一家の大黒柱。

一方、母親は専業主婦として三人の子供を育て上げ、いつも明るく楽天的な性格の持ち主で、弱音や愚痴を吐かず、おおらかで優しく包容力があります。

車の両輪の如く、いずれかが不足していてもダメで、その調和

允泰氏５歳の時、七五三の
お祝いに撮影した家族写真

が絶妙に保たれているからこそ、三人はそれぞれ伸び伸びと成長し、いまも家族みな仲良く、家庭も仕事も充実した生活を送ることができているのでしょう。

私がまだ幼稚園生か小学校低学年の頃、家族五人全員で日曜日に『論語』をはじめ古典の輪読会をしていました。父親が先生となり、一人一段落ずつ順番に声に出して読んだ後、一人ひとり感想を述べ、最後に先生が総括する。

それを嫌な顔一つせず、子供たちと一緒になって学んでいた母親の姿が懐かしく思い出されます。ナンバー1とナンバー2の呼吸が合っている組織は発展する、と父親はよく語っていますが、それを象徴するような夫婦関係だとつくづく感じます。

気づけば、自分の母親のような人柄の女性を私は結婚相手に選んでいました。

十億の人に十億の母あらむも
わが母にまさる母ありなむや（暁烏（あけがらす）敏（はや））

改めていま母を想う時、この言葉が私の心に響きわたってやみません。

母のようでいて母のようではない存在

国際文化交流舞踏団　曼珠釈迦　座長
藤中夢弥

「お母さんの能力を最大限に活かしてあげる為には、縛らずに自由にさせてあげること」

数年前にある方からこのように言われ、私は今まで母の世界観を崩さぬ様に人生の大半を捧げてきたつもりです。

母は二七年間国際的に活動をしている舞踊団の創立者であり、茶道・花道の師範であり、仏画・書道家・舞台衣装デザイナー・人間育成アドバイザーなど幾つもの顔を持つ傍ら、自身も舞台で踊っています。また、これまで訪れた国で「ママローザ」の愛称を持つほど多方面で活躍する人物です。

幼少期の私にとっての母は、世間一般で言われる母親像とはかけ離れていました。

文章にするのも憚られるほど、厳しくて怖い母。思い立ったら何事もやらずには居られない性格、自分自身や子供のことに関して無頓着で、優先順位は常に仕事や他人。家に帰ってこないことも多々あり、小学生の頃は姉と二人暮らしをしているのではないかと学校で噂になるほどでした。

私が学校に行きたくないと言えば、「行かなくていい」と、拍子

母のデザイナー時代、
青山の母の会社にて
姉と一緒に

抜けさせられることもしばしばあり、戸惑いすら感じていました。

一方で多くの方々から厚い信頼を寄せられました。

各国の大使、人生相談に来る方、詐欺師にまでも心を寄せ、真剣に向き合い、求められる言葉を紡ぐので、母を求める方は後を絶ちません。

母の子ではなく他人として出逢っていたら、間違いなく私も慕うでしょう。計り知れない才能と、誰をも惹きつける魅力、各国の方々と対等に話せる凛とした姿勢、どんな人をも受け入れる包容力、逆境に立ち向かう力、そして揺るがない精神……。

このような両極端な母ですが、幾つになっても変わらぬ勢いで世界を股にかけて突き進む母の生き様を見ていると、「母のようでいて母のようではない存在」だと感じずにはいられません。

母の考えはいつも私たちの想像を遥かに超え、自由奔放な母を完璧に理解することは未だに難しいと感じています。ですがそんな母がとても羨ましくもあり、心の底から尊敬しています。

この先も母を支えることが、私の使命の一つであると考えています。

今の私があるのは母のおかげです

株式会社アレックス　創業者
外間　晃

母、史子は昭和八年、沖縄に生まれました。父とは教職員養成学校で出会ったそうです。向上心の強い母で、父とともに小学校教師をするかたわら、少しでも暮らしが豊かになるようにと、自宅で新聞の取次店を経営（当時は認められていました）。朝早く起きて配達員に新聞を渡す業務をこなし、私と妹二人を育ててくれました。

高校時代、私は大学進学を勧める親父に反発し、当時オープン直前だったヒルトンホテルの建設現場を見て「建築を学ぶ」と、家出同然で東京へ飛び出しました。それから七年間、東京の私を支えてくれたのが、母が頻繁に送ってくれたスパム缶や、「寒いでしょ」と言って送ってくれた米軍払い下げのジャンパーでした。本当に優しい母なのです。

私が沖縄で起業したのは二五歳。仕事には恵まれたものの経営の勉強もせずに突っ走り、あげくに修行時代を取り返すように遊び惚けてしまい、会社が倒産寸前に。二億二千万円の赤字を出してしまいました。

そのとき母は五三歳で現役の教師でしたが、早期退職して退職

2018年1月5日、会社の新年会にて、監査役を務める母とともに

金一五〇〇万円を作り出してくれました。父には、家と土地の権利書を私に差し出しながら「二度と帰ってくるな」と言われました。実家からの勘当は一〇年続き、妹の結婚式にも呼ばれませんでしたが、親に厳しくしてもらったおかげで今があると思っています。

当時の社屋は米軍の住宅だったところを改装して使っていたため、敷地が四〇〇坪もあったのですが、父が退職すると両親揃って毎月のように草刈りをしに会社に来てくれるようになりました。

今でこそ私はビルも所有し、ゴールドコースト・軽井沢・沖縄の三拠点を行き来しながら暮らしていますが、私の会社を支えたのは両親だと思っています。

父が六九歳で心筋梗塞で他界したとき、私は母の面倒を絶対に見ると決心しました。今は週に三日、妹たちと分担して母と過ごしています。

お母さん、ありがとう。

これからも末長く、元気でいてください。

母が私に魅せた道

Rising Sword株式会社 代表
鉾立 由紀

「由紀ちゃん、お母さんはあんたと同じくらいの歳の人に飴とカレンダーを配って『保険を買ってください』って言うのが、もう嫌だがよ」

私二五歳、母五〇歳の時、某保険会社の外交員だった母が私に放った言葉だ。一九九〇年代はまだ企業への飛び込み営業が許される時代。母も、保険の営業として会社訪問をしていたのだ。

母も私も鹿児島の保守的な環境で育った。

「女の子が勉強してどうするの？　結婚して子供を産むだけなのに、意味がないがね」「男の子は家のことはしなくていいの！　家のことは（女である）あんたがしなさい！」

生来、気の強い私は、この男女差別に愕然としたものだ。

しかし、そんな環境で育ったものの、私の両親は共働きだった。父も母も、高度経済成長の申し子のように、本当に朝から夜まで懸命に働いていた。そのため私は、幼稚園時代は祖父母に預けられ、小学一年からずっと〝鍵っ子〟という状況だった。

そんな孤独な子供時代を経て、二五歳。先の母の発言を私は聞くことになる。当時の私は憤った。「お母さんは、嫌いなことの

生まれ故郷の鹿児島で、母に抱っこされる私

ために、私を一人ぼっちにしていたの?」

その後も長い間、私はそんな怒りを母に対して持っていたと思う。しかし当時の母と同じ年齢になった今、当時を振り返って思う。母は母で、たくさんの想いを一人で抱えていたのかなあと。

母はとても綺麗な人だった。だからこそ、専業主婦として家のことだけをして過ごすのは、母にはとても辛く、外で働く道を求めたのかもしれない。しかし、今よりも女性の生き方の選択肢の少ない中、子供を一人残してフルタイムで働くことは、それはそれで大変だったことだろう。

確かに幼少期の私は寂しい想いをした。もしかすると、母が家にいてくれれば、私はそんな想いもしなかったのかもしれない。しかし、同時に、もし母がその道を選んでいたら、母の心はどうなっていたのだろう?

母は今もとても元気だ。そして、だからこそ母に伝えたい。

「お母さん、あなたが進むべき道を突き進んでくれてありがとう。お母さんが私のお母さんでいてくれたからこそ、私は今、自分の道を幸せに歩み続けることができています!」と。

母のキャッチコピー

ミス・ワールド2021日本代表
早稲田大学社会科学研究科
修士課程1年生
星　たまき

「どうにかなるわよ！」

これは母の決め台詞である。例えそれが軽い愚痴だったとしても、あるいは重い相談だったとしても、母は区別なくこのキャッチコピーで話を纏めてしまう。

例えば、私が慣れないアメリカで小学校に通い始めた時も、母はバス停まで来て、帰りたがる私をギュッと抱きしめ「どうにかなるから、大丈夫」と見送ってくれた。

つい先日、あの頃に関して尋ねてみたら、母は微笑むようにため息をついて語り出した。

「あれは、たまきが小学校に通い始めて半年ほど経った頃だった……」。母は担任の先生から、私が無口で独りぼっちなことを知らされた。英語社会に馴染めない私を心配した母は、学校の給食のキッチンでボランティアをすることを決意した。だがそんな母も、その頃は英語が伝わらず、キッチンの担当者に辛く当たられたそうだ。

「初めの頃はお皿洗いやらされたな～」そうそう、と母は渋い表情をしてつぶやいた。

どうにかなるわよ！と、
渡米したばかりの頃の母と私

「そうだったんだ」私は母のカサカサの手を横目に頷いた。
「でもね、食器用の流しで靴を洗ってる人を見た時は、流石に黙ってられなかったわ！」。うふふ、と母はこの下克上物語の続きを語ってくれた。

初めは雑用係として邪魔扱いされていた母。キッチンの衛生面の規則や食料の無駄を減らす計画を立て、和風メニューを作り大ヒットさせ、着々と実績を重ね、最終的にはコック長としてキッチンを仕切るようになった。

私も覚えている。口数は少ない分、笑顔と気遣いで周りに接した母は、学校中の人気者だった。そんな母が居たからこそ、私も学校に居場所を見つけられた。

改めて、あのバス停での記憶を思い出す。「どうにかなる」と私を慰められたのは、自分で「どうにかする」覚悟を決めていたからなのだと、今になって思う。だから、そんな母から「どうにかなるわよ！」と聞くと、今でも安心してしまう。

そんな勇気を与えるおまじないのような母のキャッチコピー、いつか私も使えるようになりたい。

母の無償の愛

M&Partners 代表
前山 亜杜武

　私は幼少期、昔ながらの厳格な父と母、二人の弟と暮らしていました。

　父の仕事関係で、幼稚園から中学を卒業するまでに東京から名古屋、大阪、札幌と何度も転校を繰り返していて、学校では「転校生！」と揶揄（わら）われたり、無視されたりと、孤独でいつも寂しさを抱えていた少年時代でした。

　反抗期になると私は厳しい父や母から愛情を受け取れず、どんどん心が遠ざかっていました。いつの間にか私は孤独から逃れる手段として不良になることを選択していました。

　高校は二年で退学処分となり、父と言い合いになった挙句、泣きながら引き止めようとする母を振り切って家を出ました。一七歳になったばかりでした。

　母は後年、あの時は胸が引き裂かれる思いだったと話してくれました。私は何と残酷なことをしたのかと強く後悔しています。

　それでもその時の私は親のことなど顧みず、好き放題やりたい放題の荒れた生活をしていました。どれほどの荒れ具合だったかについて語るには、せっかくの本書の趣旨を汚してしまうので割

昨年80歳を迎えた母と

愛しておきます。

二一歳のある日、母と再会しました。母は言いました。

「あなたが何をしていようが、どんな人間になろうが、私にとっては大切な息子であることには変わりないの。このことを忘れないでね」

と。数年間、私の身勝手な行動で苦しませてきた母が、叱るどころかこんな不良の私のことを「大切な息子」と……。この言葉が胸に突き刺さり、涙が溢れました。目の前にいるこの母をこれ以上悲しませることはできない、母を幸せにしたいという思いが湧き上がってきました。冷たく凍りついていた私の心が「母の無償の愛」に触れたことで、優しさを取り戻しました。

私は不良仲間との関係を断ち、就職し、疎遠だった父との関係も修復されました。

母から教わった「無償の愛」は、私の子育てにも多くの役に立ちました。愛情は言葉や行動で示さないと伝わらないことを学びました。母の愛は私にとってかけがえのない財産であり、人生の教訓となっています。

母から娘へ 娘から子へ

株式会社マージェリー　代表取締役
松本　正恵

母のことを思い浮かべた時に真っ先に思うのは、家族を第一に考えてくれていたこと。食事でも年間行事でも「家族一緒」に過ごすのが当たり前であった。

子供の頃は今と違って学校行事や町内会イベントに家族で参加する機会が多く、お弁当作りや準備などそれなりに大変だったが、振り返るとそれも楽しかった。

幼い頃から色々なことを経験させてくれる両親で、今思えばあの時代だから経験できた様なサバイバルな経験は、ママの幼い頃の武勇伝として、子供たちに話せるくらい、思い出すだけでも笑ってしまう。

そんな賑やかな我が家は子育ても独特で、「お姉ちゃん、お兄ちゃん」と出生順に呼び合うことがなく「〇〇ちゃん」と呼んでいた。呼び名だけで人格が形成されていく訳ではないが、長女は統制係・兄は用心棒・次女は会計係・私はムードメーカーと、それぞれに自分の役割を理解していた。

何故、この様に役割が出来たかというと、両親は年に数回、家を不在にすることがあり、きょうだいが団結しないと両親不在を

母と旅行先にて撮影

乗り切れないと暗黙のうちに理解していたからだ。流石に必死だったせいか両親が不在中の記憶はあまり残っていないが、きょうだいで乗り切ったという達成感は残っている。

そんな両親・きょうだいとそれぞれの個性が際立っていて客観的に見て面白い家族だなと思う。それぞれの個性を伸び伸びと活かして成長出来た私達、きょうだいは幸せだと思う。

母が「お姉ちゃんなんだから」とか「お兄ちゃんなんだから」という言い方はせずに一人一人を大事に育てたかったからと話してくれたのを思い出す。

そんな母は自分の母親を知らない。だから母親になった時に沢山の育児書を読み、育児の話を聞きに行ったと話していた。

経験から学ぶことも勿論、あるだろう。

それ以上に自分がどうなりたいか?

目的意識があれば「知らない」「経験していない」からといって諦めたり消極的になる必要はなく、自分が望めば、望む形で得られることを母から学んだ。

次は私が子供たちへその想いを背中で伝えていきたい。

生き延びる力をありがとう

トウリーディングティーチャー
真弓　紗織

『いのちが一番大切だと思っていたころ　生きるのが苦しかった　いのちより大切なものがあると知った日　生きているのが嬉しかった』楽しかった、幸せだった日。苦しかった日の夜……。星野富弘さんの言葉と共に、自分の気持ちを綴った母から父への手紙を読んだのは、父が亡くなった後でした。

私の母は、私が幼稚園に通っている頃に癌になりました。四人の子育ての最中に癌を宣告された母の気持ちはどのようなものだったのでしょうか。小さかった私には、全く想像がつきません。

余命二年。足を切らなければならないと言われた時、母は二つの想いに分かれたそうです。少しでも長く生きるためには、お医者様の言うことに素直に応じるべきかもしれない。だけど、足を切断されたら、山登りやスキーなど、好きなことが出来なくなる。そうなったら、生きている甲斐がない……。

結局、母は、お医者様の思う通りではなく、自分の言う通りに生きる決断をしました。結果、余命宣告よりも三〇年近く生きる

母と一緒に
幼稚園の頃の私

ことが出来ました。

絶望を味わったけれど、自分が強く生きなければという想いが、自分に希望を与え、勇気を与え、生かせてもらえたのだと母は言っていました。


正直、母が癌患者だと私に感じさせたことは一度もありませんでした。常に笑顔で、誰にでも愛を注いでくれる人でした。家のことは全部やってくれましたし、社会活動にも積極的でした。

でも、本当は不安でいっぱいだったことを、父への手紙で知りました。それでも私の中にいる母は、いつまでたっても太陽のように力強く、あたたかいです。


最近は不安な情報が溢れ、拡がり続けています。他人からどのような宣告をうけるかもわかりません。それでも、生き抜く力を身体を張って教えてくれた母には感謝しかありません。

お母さん、本当にありがとうございます。

これからも私の前を笑顔で歩き続けてください。

私の自慢の母

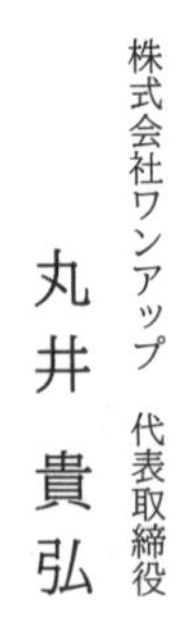
株式会社ワンアップ　代表取締役
丸井　貴弘

昭和二九年一〇月一日、私の母、照代はこの世に生を受けました。彼女は奄美大島出身で四姉妹の三女として生を受け、集団就職で神戸に出て父、武司と出会いました。
身内贔屓は重々承知ですが、我が母ながら本当に素敵な人だと思います。

振り返ると、普段は口数が少ないが酔うと饒舌になる父、気さくで誰からも好かれる母のもとで愛情をたっぷり受け、何不自由なく育つことができました。

小学生時代、担任の教師から「息子が同級生をいじめている」と連絡があり（全くの誤解）、涙を流させてしまったことが今でも思い返すと切なくなります。そんな他人のことを思いやる母だからこそ、周りの人から愛されていると実感したエピソードがあります。

私の結婚・妻の出産の際に、母の友人の方々から、我がことの様なお祝いのメッセージを頂きました。

中でも一人の方からの言葉は今でもジーンとくるものがありま

お気に入りのポーズで母に抱かれて、ご満悦の私

す。
「お照ちゃんをおばあちゃんにしてくれて、ありがとう。ありがとう。ありがとう」と涙ながらに言われました。
本当に周りの方々から愛されているんだなと、母を誇らしく思います。

母の電話の連絡先には「ダーリン」という登録があります。ですが、それが父のことであることは誰にも言っていません。

父の趣味の土弄りに嫌な顔一つせず、楽しく付き合っている姿は私の理想的な夫婦像です。収穫される野菜は年度・季節ごとに違ったものなので、今回は何か？　と心待ちにしています。


あらためて私はこの母のもとに産まれ育ってきたことを幸せに思います。

これからは、先日産まれた私の息子の祖母として、共に時を過ごすことを切に願います。

母が天寿を全うするその日まで。

あなたの娘で良かった

文字靈® 書道宗家
丸山 靜香

大東亜戦争が始まる一一カ月前、八王子で建設不動産業を生業とする家に私の母は生まれました。

母の父親は高尾山に電鉄を通したり映画館や総合病院を作るなどした人で、政財界重鎮らの「懐刀」として大野伴睦（おおのばんぼく）とも親交を厚くしていたようです。

母の母親は、八王子警察署に婦人部を立ち上げたり政治家を育成するなど、その功績から警視総監賞を頂くような人でした。

私の母もまた、八王子にて女性初で自動車運転免許を取得するなど、先進的な人で、数々の施設建設等に携わり、地域やお客様の生活がより豊かになるよう親身になって考え奔走してきた、まさに元祖キャリアウーマンです。

一方、絵を描けば伏見宮殿下より女流文化賞を授与される腕前。また、生涯で三度も世界一周の旅に出るなど、よく働きよく遊び、天晴なまでに人生を生き切った人だと言えます。

私は六歳から書道を始めたのですが、父の厳しい指導のもと時には泣きながら書くこともありました。

迎賓館で母と私。父が撮影した1枚
お招きいただき、中でバーベキューをしていました

それでも「辞めてはいけないよ」と母に諭され、どんな字を書いても常に「上手だ」と褒められ、それが嬉しくて、そして、そんな母に喜んでもらいたくて私は書道を続けてきました。

空海は母の一言で、艱難辛苦の末に日本で密教を確立できたという逸話がありますが、私もまた母の言葉に力を得、「文字霊」という天命に導かれたわけです。

とはいえ、平素は厳しい母でしたから、感謝しているはずが、どこかで葛藤を抱える自分もいました。

母の遺品整理をした折のことです。驚いたことに母は、私のお絵描きやシールが貼られた出席簿まで、幼稚園の頃からの思い出の品々を全部とっておいてくれていたのです。それらを目にした瞬間、母のあの厳しさもまた、すべては愛だったことに気づかされました。天に帰ってなお、こうして愛溢れるメッセージを贈り続けてくれているのだと思ったら胸がいっぱいになりました。

今は母への葛藤はすべて消え去り、ただただ感謝の思いしかありません。

母の笑顔

株式会社オーシャンズ　代表取締役
三井　裕

母はいつも笑っている。口癖は「何とかなるわよ」「あなたなら大丈夫」「たくさんの仲間に囲まれて本当に幸せね」と私に対して否定的な言葉を言ったことがない。おそらく、心底、息子を信じていた、心からの言葉なのであろう。

小児喘息、中学の不登校、入退院の繰り返し、高校の転校、ディスコとバイトに明け暮れた学生時代。どんな時でも母は息子を応援してくれた。

幼いころ、我が家にはいつも人がたくさん集まっていた。そしてみんなが笑っていた。そんな家で母も料理を作りながら笑っていた。私が中学に行けない時は、ただ何も言わずに、学校へ行けることを信じ、毎日弁当を作ってくれた。無理矢理学校へ行きなさいとは一度も言われなかった。やんちゃしていた頃の悪友たちを家に連れて行っても、笑顔で「よく来たわねー」と言って食事を振舞ってくれた。とにかく前向きで人好きで笑顔なのである。

母は最愛なる父と出会い二人の子供を育てあげ、今でもたくさんの友人に囲まれて過ごしている。元来モノ作りが好きで手芸教室などの自らのアトリエを持ち、ＮＨＫの番組に出演したり、

いつもこの優しい笑顔で
２人の子供を育ててくれた

ファッションデザイナーの山本寛斎さんに認められ、パリコレに自ら手掛けた作品がモデルさんと一緒に出たこともある。

きっと子育てをしながらの作品作りは大変だったと思うが、モノ作りをしていて愚痴を聞いたことがない。作品作りに没頭すると時がたつもの忘れたかのように、一心不乱に取り組む。そして出来上がると愛おしそうに笑顔で作品を見つめる。ここでも笑顔。

多才な女性で想像力が逞しく、芯が強く優しく、朗らかでおおらかな女性。それが母なのだ。

そして何よりもすごいのが六〇歳を超えてから始めたフラダンス。若い人たちに交ぜてもらいながらの発表会。そしてなんと！老人ホームへの慰問。本人はここでも、「ホームの人たちに私の踊りを見てもらって私が慰問されてるの」とケラケラと笑っている。

この母の息子だからこそ、いつも笑顔で素晴らしい仲間に囲まれている今があります。

あなたの息子は幸せです。お母さんありがとう。

元気、勇気、やる気がある母を尊敬する

国際ネット株式会社　代表取締役
フィットネスジム経営
宮里　康隆

母の名前は孫秀華、日本名は宮里優華です。

私の祖母は中国残留孤児だったため、三五年前、私が一歳の時に母に連れられて来日しました。

私は母から人助けの精神をたくさん学び、「他人の幸せは自分の幸せ」という種を幼い心に植えつけられました。

母は他人の幸せのために生きている人です。

私が小学生の頃、母はよく朝早く起きて中国人の仕事探し、病院通い、家探しなどを手伝っていて、日本語を話せない中国人を無償で色々な場所へ連れて行ってあげていました。私は子供の頃からそんな母の高貴な精神に影響を受けていました。

そして、私が高校生の時、学校は各生徒に最も尊敬する人は誰であるかを書くよう求めました。その時、他の生徒はスポーツ選手、起業家、発明家、政治家などについて書きましたが、私は母親について書きました。私の生涯、最も尊敬すべき人だからです。

元気、勇気、やる気がある母を尊敬する

私の偉大な母は、日本の学校に通ったことがありませんでしたが、その経験、勇気と優しい心で中国人向けの工場、派遣会社や二つの学校を立て続けに設立し、世界平和のため、中国と日本に多大な貢献をしています。

母の勤勉さと勇敢な精神は、私に大きな励ましを与え、私は母から真実、善、美を学びました。母は私の人生の中で最も尊敬すべき人です。

優しくて知恵のある、賢い母でした

名古屋国際外語学院　校長
宮里　優華

母、王玉蘭は一九二六年、中国の山東省に生まれました。父母ともに、ものすごく面倒見がよく、「孫正有（父）の家」と言えば、町で知らない人はいないくらいでした。

広い家だったので、両親は生活に困った人をよく家に迎え入れていて、常に二人くらい養っていました。加えて、車が壊れて動けなくなったなど困っている人がいたら、日々家に泊めて、ご飯まで提供していたのです。

優しい母で、常に自分ではなく隣近所、皆のことを考えていました。「自分は損してもいい、けれども相手を絶対に損させないように」。これが母の教えです。

私が生まれた一九六四年はちょうど中国文化大革命前夜で、物資が不足していました。卵は高級品でしたが、母はそれを自分は食べずに他人にあげるのです。

母の生き方から、私は多くを学びました。

実家には、よく話で聞く嫁姑のいざこざなど、全くありませんでした。母はお姑さんと仲がよく、ずっと尊敬していました。また、自身の子供のお嫁さんに対しても、実の子にも増してよく面倒を

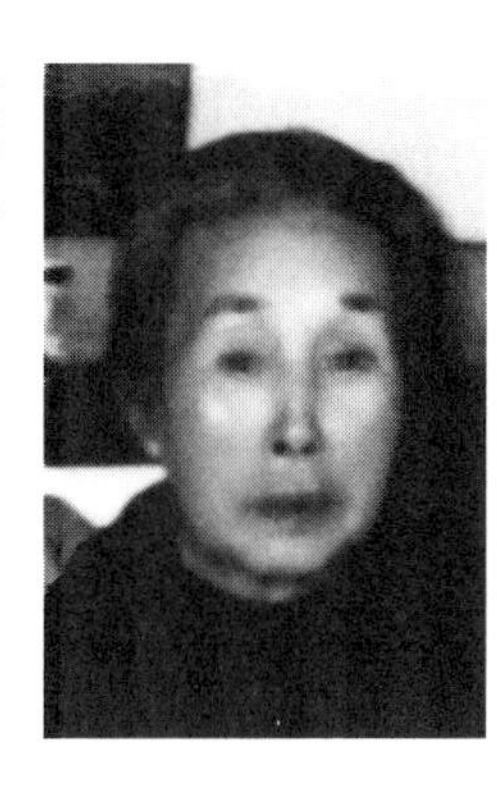
80歳の母
寝たきり前の最後の写真です

見ていました。私も今、息子のお嫁さんに対して、実の娘以上にいろいろと面倒を見ています。奥さんが幸せなら、家族全員が幸せ。その結果、うちの息子も大事にされているのでしょう。息子のお嫁さんに対するこうした関わり方は、母から学んだことです。

私は留学生に日本語を教える機関として名古屋国際外語学院と大和外語学院を設立し、校長を務めております。私が日本に来たのは留学ではありません。夫の母が残留孤児だったので、私は息子が一歳になったころ、夫家族と一緒に日本へ引き揚げてきたのです。当時、私は二四歳で、そこから日本で生活して今、三五年になります。

母が亡くなって一三年、お墓参りもなかなか出来ていませんが、中国の清明節である四月五日には、毎年お姉さんたちにお線香を買って、代わりに行ってもらっています。

「食べ物が腐ってもいい、洋服は破れてもいい。でも、心が腐っていたら絶対に駄目。心は純粋でなければいけない」

母にいただいた言葉です。優しくて知恵のある、賢い母でした。そんな人徳者を母に持ち、私は幸せです。

恩返し

株式会社GRACE　代表取締役
宮田　翔多

「人間が授かることのできる恩は三つある」と尊敬する方から教えていただく機会がありました。

三つの恩とは「神恩・師恩・親恩」のことで、一つ目の神恩は神様から命や魂をいただいた恩のこと、二つ目の師恩は師匠や先生や親等の自分よりも秀でている人たちから御指導いただいた沢山の有難い恩のこと、三つ目の親恩とは「親が自分を産んでくれ、育ててくれたこと」を指すそうです。

また、それぞれに恩返しの仕方があって、神恩の場合は「生きていること、生かされていることに感謝すること、誰かを幸せにすること」、師恩は「教わったことを誰かに教えること」、そして、親恩に対しては「親に心配をかけないこと、親より先に死なないこと」だそうです。

この教えは、こういうことを大切にしながら日々生活をしていくと人生が豊かになっていくというヒントでもあります。

それでは、この恩返しの中であなたが一番難しいと思うものはなんですか？　今の私には「親に心配をかけないこと」が一番難

入籍日の食事会にて

しいと感じます。

私の母のことを改めて考えると、子供（私）のことはいつまで経ってもきっと心配なんだと思います。ただ、その心配を少しでも和らげてあげられるように、日々感謝の気持ちで過ごしながら幸せを分かち合い、魂をこめて教えてくれた沢山のことをこれからの未来の子供達やご縁のある方々に伝え、心と体を健やかに生活していくことで母への恩返しになればと考えています。

先日入籍して家族が増えたことで感じたこと、そしてこれから生まれてくるであろう子供を育てていくこと、たくさんの未来で起こるであろうことを想像しただけで、今まで母はどれだけ素晴らしいことを私に与えてくれたのかと感動と感謝の気持ちでいっぱいになりました。

感謝報恩の精神でこれからも精進して参りますので、御指導ご鞭撻のほど何とぞ宜しく御願い致します。

感謝

今も生きる。母からの教え。

株式会社キャリアコンサルティング
代表取締役社長
室舘 勲

小学校に入ってもおねしょがなかなか治らなかった私は、朝になるといつも気まずい気持ちで母に報告をしていました。しかし、母は一度も私を責めることなく、黙って洗濯し布団を干してくれました。

学校の成績のことやバスケ部で上手くプレーができなくても叱られたことは一度もありません。

中一から五年間、朝の新聞配達を続けましたが、私よりも早起きして薪ストーブを焚き、雪が数十センチ積もっていた日は、玄関から国道までの約二〇メートルの道を自転車が通れるように雪かきをしてくれた優しい母でした。

その一方で、人一倍厳しい面もありました。兼業農家なので、畑や田んぼの手伝いのために早起きをすることは日常から躾けられました。テレビの見過ぎや夜更かしも厳しく叱られました。食事の好き嫌いは許してもらえず、野菜でも魚でも何でも食べるように言われたこともよく覚えています。

中学校に入学するまでは、生活習慣を徹底的に指導され、「他の家の子は楽でいいなぁ」と思ったことは何度もありました。し

遠く離れた青森から
いつも私を応援してくれている母

かし、幼少期に母親から受けた愛情と徹底した指導は、中学、高校だけでなく、ビジネスマンとしても大いに役立ちました。

上京してから三〇年以上が経ちますが、ハードな仕事をいくつもこなすことができたのは、両親からもらった丈夫な体に加え、生活習慣を叩き込んでもらったおかげで基礎体力がついていたからだと感じます。

営んでいた「室舘商店」の手伝いを通して、「人の悪口を言わないこと」「お土産を持たせること」など、人間関係や人付き合いについても知らず知らずのうちに学んでいました。

母の言葉で最も印象に残っているのは、上杉鷹山の
「為せば成る　為さねば成らぬ　何事も
　成らぬは人の　為さぬなりけり」

です。

今でもこの言葉は、経営者としての苦難や荒波を乗り越える上での支えになっている大切な言葉です。

最後に、心からの感謝を伝えたいと思います。

「お母さん、ありがとう」

母親からの宝の言葉「運がいい」

八天堂　代表取締役
森光　孝雅

母から貰った大切な言葉。それは、「運がいい」という言葉です。五三年前、六歳の時、地元広島で行方不明になり大変な騒ぎになったことがありました。

警察消防の皆様には大変ご迷惑をお掛けしたわけですが、無事見つかった時に母が私を抱きしめ「良かった、無事で良かった」と何度も呟いていたことが思い出されます。

私の幼少期といえば、親の言うことを聞かない悪戯っ子だったので、何度も無茶なことをして心配を掛けてきたことに対して心より反省するばかりです。

今思えば、その都度幸運に恵まれてきました。いつも一番身近で寄り添ってくれた母は、何かある度に「孝雅は運がいい」と口癖のように言ってくれていました。この言葉が知らぬ間に脳裏に刻まれ、その後の私の人生の岐路において、大きな支えとなり助けてくれました。

三二年前、三代目として家業を引き継ぎ、和洋菓子業態からパン業態へと変換を図り、一〇年足らずの間に一三店舗の焼き立てのパン屋を展開し、いい気になった私に逆境が訪れるのです。

厳しくも本当に優しかった
母親に抱かれて

何のために経営をするのかといった経営理念も確立することなく突っ走っていた私は、自身の野心のために生きていました。価値観は大小損得、典型的な傲慢経営。上手くいく筈がありません。結果的に倒産の危機を迎えます。

八方塞がりの中、遠く離れた弟から電話で「兄さん大変らしいな。貯金があるので、これで乗り切ってくれ」と。

申し訳なく涙で言葉になりませんでした。

何よりも、弟のような人間を育ててくれた両親に想いを馳せることができたのです。

三〇代後半になるまで、行方不明になったことすら思い出すこともなかったのですが、走馬灯のごとく色々な場面が駆け巡り、そこには常に母からの「運がいいね、孝雅は」の言葉があったのです。

我が人生を振り返ってみて、「運がいい」という言葉に、我が人生どれだけ励まされ逆境を乗り切る勇気をもらったことか。

母には感謝しかない。

本当に運がいい。

「母育」事業ご出資のお願い

コニカミノルタ株式会社　執行役員
イノベーション推進室　室長
森　竜太郎

ビジョン：全ての母に「**森善子**」が寄り添い、挑戦者が活き活き育つ社会。**市場**：母親の数二三億人。若年層を子に持つ母親と、その養育費の一％を獲得出来た際の市場規模約三兆円。母親の数は上昇傾向。**課題**：教育市場は児童スキル向上に偏重。低・中所得者層の賃金低下により、費用対効果が最優先。一方、真の挑戦者を見ると、家庭環境の重要性を裏付ける研究は多数。特に、未だ母親の養育時間が父親に比べ多いこと、出産という親心を育む重要体験が現状一般的であること、シングルマザーの増加等から、母親への教育投資は重要課題。**強み**：**森善子**。**弊社解決策**：母育人工知能「**森善子**」による母親支援。具体的には、挑戦と失敗を許容するだけでなく、子供が挫折を繰り返す過程で成長する為の支援を行う心構えと経験。例として、不登校を望む子供を二つ返事で許容。父が病に倒れた後も、全てに余裕がない中、何に口出しすることなく、高額な留学を含む、子供が示す全ての興味関心に対して時間やお金を力技で捻出。大学卒業後も、不安定な起業という選択を後押しする等、具体的事例多数。特筆すべき例として、世界平和実現の為に海外に出たいという無謀な子供の挑戦

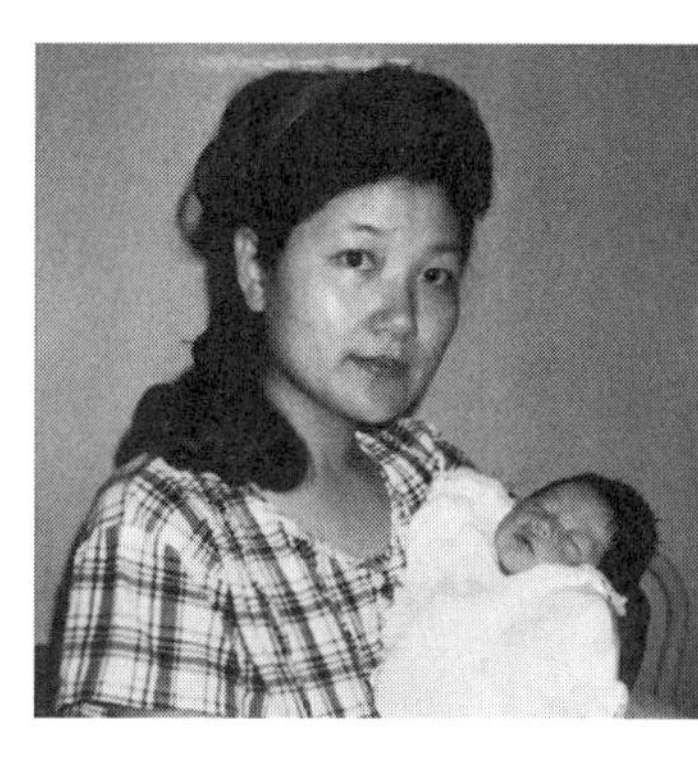

笑みと強張りが介在する表情は、
迫り来る困難への覚悟か

に対して、利用経験のないインターネットをゼロから駆使した調査分析を牽引。現地にいざ行くも、住まいが確保されていなかった緊急事態においては、海外経験皆無の私に短期滞在の決断を迫り、日本から現地ネット掲示板を通じて即座に住まいを確保。その後も、社会生活すらままならない息子が安心して現地生活を送れるように、毎日電話を欠かさず、家計が窮地に陥った際には、奨学金獲得に奔走。この心構えと行動力を、起業家森竜太郎が、低コストで多数の母親に届くＡＩへと昇華。**ご出資依頼**：シード資金一・五億円を、母を再現する生成ＡＩ開発に投資。**期待リターン**：ＩＲＲ三四％（一〇年後ＰＥＲと希釈率を基に算定）。**アップサイド**：本事業に加えて、共に森竜太郎を育てた父親**「森誓史」**ＡＩの提供、また、それらを通じて育った挑戦者達への投資機会獲得。**リスク**：**森善子**自身は、「無性の愛」に基づく行動と語っており、「笑顔だけは見落とさないようにしていた」こと以外の再現性は不明瞭。本リスクに対する具体的な対策はないが、これを科学することが、彼女から生を受けた私が背負う人生最大の使命、恩返し、或いは恩送り。以上。

母から受け継いだ『笑顔の奇跡』

現在プロフェッショナルダンスチーム、東京ガールズ代表
元NFL・NBAチアリーダー
柳下　容子

一九年前日本人で初めてチアの本場NFLとNBA両チアリーダーを経験することができたきっかけは母でした。

試合の朝になると母は必ずお尻をパンと叩き、クシャクシャの笑顔で送り出してくれました。

このルーティンのおかげで自然と心と体の緊張がほぐれ、最高のパフォーマンスができるようになりました。現在代表を務める「東京ガールズ」では、私がメンバーのお尻を叩くことがルーティンになっています。

振り返れば、地元新潟のプロスポーツチームがチアリーダーを募集しているからと、オーディションを勧めてくれたのも母でした。

学生時代にチア部の活動で苦い経験をしていたチアをやろうなんて、全くその気になれませんでしたが、親孝行だと思って受けたところ、社長に「あなたが必要です」と言っていただき、チアリーダーとしての道がスタートしました。母の勧めがなければチアリーダーとしての私はありません。

ある日、ディレクターと大喧嘩し、チアリーダーなんて辞めて

帰国後、久しぶりに再会した両親との写真

やると宣言したときは、いつもの笑顔とは打って変わり、

「やりきっての卒業なら拍手をする。でも誰かを理由にして辞めるのは絶対に許さない」

と、見たことがない剣幕で叱ってくれました。

拙著のタイトルでもある『笑顔の奇跡』は、チアリーダーとしての私が一番大切にしている言葉であり、母からの一番の教えでもあります。

私の母方の祖父は病に冒され、最期の瞬間はとても苦しい顔で亡くなったそうです。たった一人で看取った母は、いつも笑顔で周りを元気にしてくれた祖父を苦しい顔で送り出したくないと思い、必死に顔をマッサージして笑顔を作ったそうです。

親戚は祖父を見て「良い顔で亡くなったね。幸せな人生だったね」と言ってくれ、悲しみの中にも温かさを残して送り出すことができました。

母の生き様そのものが、私に笑顔の奇跡を教えてくれました。母の教えを胸に、これからも笑顔で奇跡を起こすチアリーダーを育てていきたいと思います。

いつでもどこでも神鳴りの如く魂に響く母の言葉に感謝感激

株式会社ホワイトスターラボ
代表取締役
山田　梨加

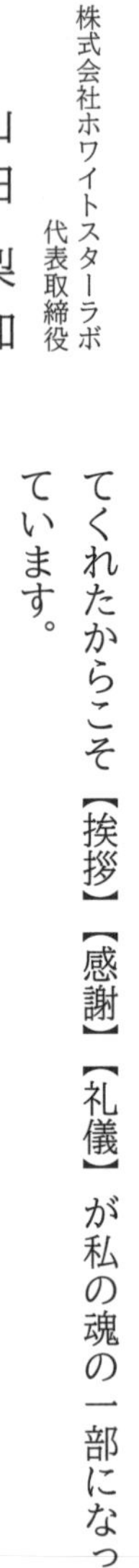

尊敬する母は岩手県の豊かな大自然に囲まれた葛巻町の出身で、家族や地元の方々から愛され可愛がられたことがよくわかるほどの「天真爛漫」「純真無垢」。そんな母から、最高に人生を楽しむ【女性らしさ】【愛嬌】を学びました。

そして、今でも思い出すのは母のカミナリ。

雷、いやいや【神鳴り】の如く人として愛される在り方を伝えてくれたからこそ【挨拶】【感謝】【礼儀】が私の魂の一部になっています。

周りが聞いたらびっくり、でも私の人生の心の支えとなっている【神鳴り】言葉がいくつかあるのでご紹介します。

私を出産した時のこと、

「初めて、りかの顔を見た時、お釈迦様かと思ったよ～」

と。初の度肝を抜くような父と母の親バカエピソードです。

更に、私がよちよち歩きだった頃。

家事に夢中になっていた母が、静かすぎる私を大丈夫かと心配し、様子を見に来た時のことです。

テレビでウミガメの産卵シーンを観て、静かに涙をぽろぽろこ

「やっぱり最高で最強運だね～！」
父と母と京都・三十三間堂

ぼしていた私を発見し、
「りかは、ウミガメさんみて涙を流すなんて、ほんと優しい子！やっぱりお釈迦様だわぁ～」
と真剣な顔で言ったそうです。

「出会った人はみんな家族」「仏の紹介状」だと思って優しい気持ちで感謝することを自然とできるようになれたのも、そんな母の神鳴り言葉のおかげさまです。

今は、口腔外科医である父の御言葉【病は氣から】という念いを引き継ぎ、脳科学、心理学、哲学からのアプローチによるカウンセラー・コーチ・セラピストを育成するスクールの先生をしていますが、事業がうまくいかず大変な状況に陥った時も、実家の静岡から離れ、知り合いもいなかった東京・福岡に住むようになった時も、数カ月で愛ある沢山のご縁が繋がるのも、神鳴りの如く魂に響き渡るお守り言葉のおかげさまです。

最高で最強の私の女神様、いつもありがとうございます。

四人兄弟を育てあげた小さな母

富士通株式会社　取締役
山本　正已

母は一九二七（昭和二）年一〇月二五日生まれです。旧姓は岡村知子、父と結婚して山本知子になりました。私が生まれた山口県下関市（旧：山口県豊浦郡豊北町）は父の出身地で、母は隣町の生まれでした。

結婚したのは終戦の年で、当時のことですから見合い結婚。結婚式まで、母は父の顔を見たことがなかったそうです。

父は農家で、冬場は親戚の建築会社で働いていました。私の兄弟は四人で全員が男。私は末っ子の四男でした。

男ばかりの四人兄弟だったので、母は男の中に女が一人ポツンといるような感じでした。父に対してもいろいろ言いたいことがあったと思いますが、なかなか言えなかったでしょう。

田舎で、しかも農家ですから芯が強くないとやっていけません。母はとても我慢強い人だったと思います。でも、子供たちのことは本当に可愛がってくれました。

唯一、母が気を抜くことができたのは、盆と暮れの里帰りのときだったと思います。幼い頃は一緒に実家に連れて行ってもらいましたが、そのときの母は嬉しそうでした。日ごろ男ばかりの家

母、里帰り
実家の玄関にて

庭で気を抜けないのが、実家に帰ったときだけは自分の母に甘えられたからでしょう。あのときの母の笑顔は一番印象に残っています。

私たち兄弟四人はのちに、長男と次男が山口市内と北九州市へ、三男と私が関東に出てきました。

末っ子の私が最後まで家にいたので、富士通に就職して東京へ行くとき、やはり母は寂しそうでした。とても心配性でしたから、私が東京に行って一人で生活できるか心配だったのかもしれません。

母が亡くなったのは七二歳、一九九九（平成一一）年三月九日でした。毎年一回は帰省し、孫の顔もちゃんと見せられたので、半分くらいは親孝行できたかなと思いますが……。

母はとても小柄な女性でした。だから農作業も本当に大変だったことでしょう。あんな小さな体で頑張って、男四人も育て上げてくれたことにただ感謝、感謝です。

母のこと

由紀さおり　歌手

私の母は、広島県呉市の出身でした。
父と結婚したのは、第二次世界大戦の終盤。その後すぐに終戦。戦後の混乱期には、工場の戦後処理で忙しい父を支えながら、母も得意な洋裁で家計を支えたといいます。そんな中で、兄と姉、そして私を育てたのです。ですから、躾は本当に厳しく、子供のころはもちろん、私が後にデビューをしてからも、目上の方に対することば遣い、舞台での話し方、立ち居振る舞いなどいつもチェックされ、直されました。厳しい世界でも生きていけるよう、しっかり育ててくれたのだと思います。
でもだからといって、私に自分の考えを押付けるようなことはありませんでした。いつも私の意思を尊重するのです。私がうっかり弱音を吐くと「あなたが自分で選んだ道でしょ。嫌ならやめてもいいのよ」というのが母の決め台詞でした。

母は、現場はもちろん、さまざまな交渉ごと、取材の立ち合いはもとより経理まですべて仕切ってくれました。私も甘やかしてもらえませんから、付き人さんもなしで、衣装も靴もメイク道具

も、全部自分で運ぶ生活でしたが、それが良かったのだと思います。そのとき甘やかされていたら、自分たちでコンサートをやろう！　などと思いもしなかったでしょう。

母が作った安田音楽事務所というマネジメント会社で、プロデューサー兼マネージャーとして母は生涯、姉と私に伴走してくれました。

しかしそんな母も病魔には勝てませんでした。病院で精密検査を受けた結果乳がんと診断され、闘病生活が始まったのです。入院中も絶対弱音を吐かず、気丈に振る舞って私たちの仕事の負担にならないよう努めていました。

最後の最後まで、私たちの母として公平に愛した母。そして、安田音楽事務所の社長として私たちを守ってくれた母。一年半の闘病生活を経て、平成一一年、母は八一年の波乱万丈の生涯の幕を閉じました。

集英社刊「明日へのスキャット」より抜粋

母と歩いた熊野古道

株式会社ビジネスパスポート
代表取締役社長
与謝野　肇

父が七三歳で亡くなった数年後、私は、兵庫県宝塚市に一人で暮らしていた母を紀州熊野に行ってみないかと誘い出した。

聖心女学校卒業後、一九歳で、母は、当時まだ東大の学生であった父と、与謝野家と母の実家である国府家の両親の強い要望で、楽しかるべき青春時代を経験せずに即家庭生活に入らされていた。

結婚後も猛烈サラリーマンであった父をしっかり家庭で支え、三人の子供も育て上げ、愚痴を言わずに立派に主婦としての責任を果たし切った見事な人生であった。

その母は、父が亡くなって一年位はメソメソしていたが、元来が明朗行動派であり、突然人生で初めて行動の自由を得たことに気付き、一人で頻繁に国内及び海外パックツアーに出かけ始めた。七〇歳に近い老嬢が、ツアーに同行していた青年達が疲れてげんなりしている中、一人元気にピラミッド周辺を歩きまわっていたそうである。

又若い時から練習していたピアノと油絵にも本格的に挑戦、明

私の東大入学式に、関西から
駆けつけてくれた母

るくイキイキとした表情のおばあちゃんに変身している。

そんな中、前から訪ねてみたいと思っていた熊野に行ってみないかと誘ったところ、大喜びで付いてきた。

然しながら熊野古道は、私達にとって想像以上に厳しい石畳の連続で、特に最終路はゴツゴツとした足元の悪い坂が永遠に続くのではないかと思わせる悪道であった。

然し、母は一言も弱音を吐かず歯を食いしばって一歩一歩、私の援助も受けずに、頑張り通して、古道を遂に歩き切っている。

その気力・頑張りに私は我が母ながら心から賞賛の意を禁じ得なかった。旅館に入って温泉に浸かった後、おいしそうな魚料理を前にして軽く日本酒のお猪口を持った母のうれしげな顔を私は一生忘れないであろう。

母はいつも「私は、武士の娘としての気概を持って、何事にも全力で取り組まねばならぬと思っている」と言っていた。

それを実践した母の姿は私の誇りである。

貧しく、厳しく、育てられた…

作詞・作曲・歌手
吉 幾三

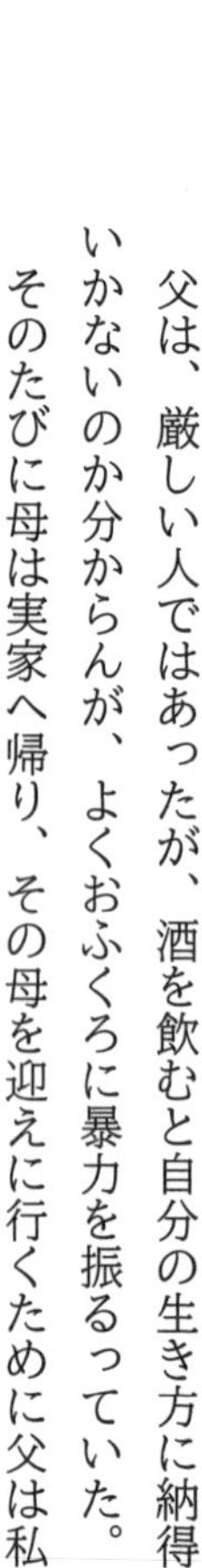

九人兄弟の末っ子で育った私は、特別可愛がられた……。
父は、厳しい人ではあったが、酒を飲むと自分の生き方に納得いかないのか分からんが、よくおふくろに暴力を振るっていた。
そのたびに母は実家へ帰り、その母を迎えに行くために父は私を連れて行く。
それは、祖母も私を特別に可愛がっていたからと母から知らされた。

優しく、苦労が絶えなかった母……。
あの時、父からなぐられた母の顔……。
喜んでくれた母の顔……。
悲しく、ひとり泣いてた顔……。
私は忘れない……幾つになろうとも……。

だから女の人の喜んでいる顔、嬉しくて泣いている顔だけが好きである。
「幸せは与え、苦労はもらえ」という言葉が好きである。

ぬくもりこそは忘れてしまったが、久しぶりに化粧して着物が
似合う母のにおいだけは、うっすら覚えている……。
貧しさの中に母が居る……。
幸せの中に母が居る……。
何が世界一か？
その中にも母が居る……。
つらい時にも母が居る……。
涙をふきながら一五歳の私を送ってくれた母が居る……。
私の誇りは、ひとつだけ……
母である。

ありがとう……
ありがとう……
ありがとう……

私の母へ

母との「6カ月の約束」が、私と会社をどん底から救ってくれた

「愛の成功法則」アドバイザー
起業から事業承継まで
吉田　学

平成元年、三〇歳で起業して三年後、バブルが弾け、翌年、翌々年と赤字が膨らみ、銀行からの借り入れが底を突くところまで来ていました。倒産寸前の状態です。

そんな折、母から連絡が入りました。父と相談の上だったのでしょう。

「もう一度サラリーマンをやり直しなさい」

私には言い返す言葉が見つかりませんでした。

「このままでは終わりたくないんだ！」

私の言葉にしばし沈黙が流れた後、母から次のような提案がありました。

「半年後に黒字にならなかったらやり直す……それでどう？」

私は同意しました。半年間で無理なら、到底会社は復活しないという自覚があったからです。でも、絶対会社はつぶさない、そう決意していました。「いつまでもあると思うな　親と金」です。

この母との約束、そして母への感謝の思いがエネルギーとなって、危機を乗り越え、会社を三〇年近く続けることができました。

人はひとりだけで生きていくことはできません。そばに大切な

笑顔の母のそばでやすらぐ幼い自分（生まれ故郷、秋田の自宅にて）

人がいること、忘れたくないものです。特に母親ほど愛情深く、貴重な存在はありません。かけがえのないものです。

会社が持ち直してしばらくしてから、母は他界しました。

心にポッカリ穴の開いた時期がしばらく続きました。せめて夢にでも現れてくれればいいのに、母は現れてくれません。

そんな時、ある有名な祈祷師に出会い、亡くなった母とやり取りできないか、お願いしてみました。

「あなたのそばにはいないみたいだね。お父さん、どこかの病院に入院しているのかな？　お母さん、そこにいますよ」

ショックは隠しきれませんでした。

そして、その半年後、父が亡くなった夜、父と母がペアで夢に出てきました。今まで夢に出てくれなかった母が父を伴って現れたのです。その顔には笑顔が浮かんでいました。

「立て続けに亡くなるなんて、ご両親は心から愛し合っていたのですね」

たくさんの方からそう言われました。

そんな親の元に生まれた自分は、幸せ者です。

全ての命はベストを尽くしている

Genesis Asset株式会社 代表取締役
吉田 光輝

僕は、母親に褒められた記憶が、物心ついた時からこの方一切ない。僕の意見を言っても聞き入れられず、頭ごなしに怒られてきた印象しかない。今でも鮮明に覚えているのは、僕が小学三年生の時のことだ。こっぴどく怒られた僕は、自分が良い子でいないと母親は話を聞いてくれないのだと思い、母親にとって良い子であるようにい続けようと決めた。

それ以来、自分の心が何を言っているかよりも、相手にとって良い子でいられているか、メリットを提供できているのかをひたすら考えながら人生を送って二八歳になった。

そんな生き方が当たり前になっていたものの、幸い自分で始めた会社では相手のメリットを追求していたのが功を奏して少しずつ成長していった。ただ、相手にとって自分が良い子でい続けることをしていては、会社の成長はもちろん限界があるし、成長すればするほど自分がすり減っていくのを感じた。

ありのままの自分を見失い、誰に対しても取り繕っていた。そんな日々積み重ねた小さな負の感情や膿が一気に出たのだろう。

父の仕事でアメリカに住んでいた時の旅行だったと思います

社員は辞め、売上も激減して自分と向き合わざる得ない状況まで追い込まれた。

僕は僕なりに全力で仕事に取り組んでいたのに、悪い結果が目の前に現れ理解に苦しんだ、こんなに相手のためを思って全力でやっているのに、なぜ悪い結果で返ってくるのだと。

そんな時ふと母親のことを思い出し、実家に数年ぶりに帰り母と父に今の自分の状況を打ち明け、初めて自分の本音を伝えた。本当は褒めてほしかったし、もっと僕がやっていることや意見を聞いてほしかった、自分らしく生きられなくて辛かったと涙ながらに伝えた。すると、何も言わずに抱きしめてくれ、「ごめんね、生まれてきてくれてありがとう。本当は心から愛してるよ」と言われ、今までモヤがかかっていた心が晴れた気がした。

僕は思った。母もベストを尽くしていたのだと。どんな命もベストを尽くしているのだと。

愛はそこら中に溢れているのだと。

お母さん、生んでくれて有難う。

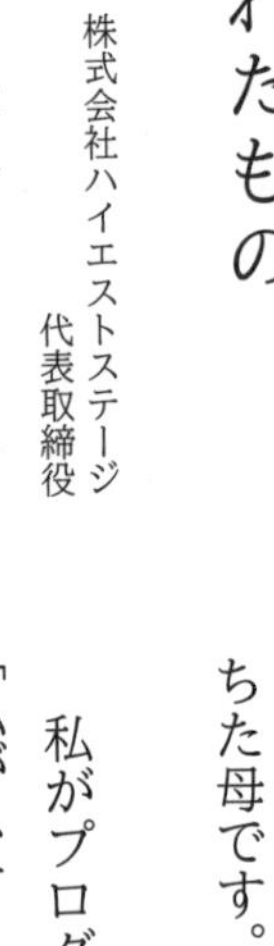

テディベアがくれたもの

株式会社ハイエストステージ
代表取締役
米倉 メリア

私の母はいつも笑顔で前向きです。そして空間を明るくする不思議なパワーがあります。母に会うとみんな笑顔になる、愛に満ちた母です。

私がプロダンサーとしてステージに立つ事が仕事になった時、「私がステージに立った瞬間に空間を明るくしよう」と思ったのは、尊敬する母がいたからでした。

いつも私の事を認めてくれて、進む道を応援してくれました。

三歳の頃、大人しくてすぐに母の影に隠れてしまうような私は、家族でハワイ旅行に行った際、フラの衣装を着たテディベアを見つけ、じっと動かなくなったそうです。母はそのテディベアを私に買ってくれました。

その日、母がテディベアを買ってくれた事が運命の始まりのように思えてならないのです。このテディベアがどうしても欲しかった事を今でも鮮明に憶えています。

母と私、控え室にて

二〇年近くフラと共に生きてきた私は、フラが人生そのものなのです。

そして今、私は母から教わった、人を幸せにする力を大切にしながら、多くの方々へフラを伝えています。

フラは、愛と幸せに満ちた踊りです。見る人を幸せにする力があると確信し、ステージから夢を届ける会社を設立しました。

あの日、私の気持ちに気付いてくれて、私をハワイとフラに繋いでくれて、ありがとう。

みんなに愛され、周りの人を元気にする、そんな素敵なパワーを持っている母。

いつも大切に想い感謝しています。

今、私が沢山の人を幸せにする仕事に出会えたのは、母のお陰です。

「ありがとう。ママ」

「努力の神様」母の美容師人生

株式会社B．L．S．代表取締役
渡辺　堅

幼い妹をおんぶしながらお客様の髪の毛をカットする姿。それが幼少期の私の心に一番残っている母の姿。「努力の神様」それが私の母です。

八四歳の今もなお現役。「成人式の着付けの予約が二年後まで入っているから、とても死ねないよ」と笑う母。

その道のりは波瀾万丈なものでした。三人の子育てをしながら美容師免許を取得。人口五万人程の山梨県の小さな町で、経験もないまま店をオープンさせたのです。

その度胸と行動力に、私は幼い頃から多大な影響を受けてきました。毎晩遅くまで何度も何度も練習を繰り返す母はまさに努力の神様でした。

そんな母は常に私の味方でした。

ある日、高校生だった私がパーマをかけて登校し、先生に呼び出された時、母は、「息子は真面目な子です。パーマの何がいけないんですか」と先生に言い放ったのです。

その甲斐もなく私は丸坊主になった訳ですが、学校一怖い先生が「お前の母ちゃん怖いな」とたじたじだった顔は今でも忘れま

親子写真は2021年３月に
撮影したものです

せん。

その後私が二〇歳の時、父が難病を発症。母は父の介護をしながら寝る間も惜しんで働きました。母の着付けには定評があり、店は繁盛し、前向きで明るい母のいる家にはいつも笑いがあふれていました。

そんな母が六〇歳を過ぎた頃、試練は突如訪れました。私の妹であり母にとって最愛の娘が、若くして病気で突然亡くなったのです。

気丈な母が一〇キロも痩せる程でしたが、お客様の前では明るく仕事を続けた母。

悲しみのどん底から母を救ったのも、美容師としての仕事だったように思います。

八〇歳を過ぎてなお「美容の道、着物道を極めるには終わりはないから、やり残したらまた来世でやればいいから」と、今でも努力を続ける母。

私にとっての母は強くて明るい人。

目標であり勝てない人、世界で一番尊敬する人です。

母の我慢が導いた、私の未来

株式会社キャリアコンサルティング
和田　龍太郎

母は二〇二二年、還暦を迎えました。兵庫県出身の寅年。身長は一五〇センチ程で、とても小柄。一見優しい印象ですが、三〇年東京に居ても、未だ関西弁を貫く芯のある母です。

そんな母に育てられた私は、同年一〇月、お陰様で結婚式を挙げることができました。あんなに笑っている母を久しぶりに見ました。心温まる時間を過ごし、少しは親孝行できたと思います。

結婚式の準備で、アルバムを見ながら、ふと、ある出来事を思い出しました。

小学校に入った頃のこと。環境が変わり、沢山の友ができ、遊んで、いろんな言葉に触れるようになりました。我が家にはなかった、ちょっと汚い言葉も覚えました。

ある日、イライラしていた私は、話しかけてきた母に向けて思わず、「なんだよ、うるせぇな、バカ」と言ってしまったのです。三〇年以上の人生の中で、バカと言ったのは、後にも先にもこの時だけです。

専業主婦の母。その瞬間から、家事をしなくなりました。料理も洗濯も掃除も、何もしなくなりました。母は「バカ」になって

結婚披露宴にて、参列者の前で挨拶をする母と私

しまいました。

私は、発した言葉を後悔しました。一度出てしまった言葉を飲み込めるものなら、飲み込みたいと思いました。私は、泣きながら、母の代わりをしました。水分を多分に含んだ重い洗濯物を運んで、背伸びしても届かない物干し竿に、Ｔシャツを干そうと、試みました。投げても届かない。地面に落ちてしまい手で洗い直しました。バカは三日間続きました。反省し続け、母に謝り続け、ようやく許してもらいました。

幼少期、私は母から『言葉の力』を教えてもらいました。

母は、目には見えない『言葉の力』を、体を張って見せてくれたのです。

故・矢野弾氏は、仰いました。「言葉は未来なり」。

あの三日間の母の我慢が、私を素晴らしい未来へと導いてくれました。式に参列してくれた大切な仲間や新しい家族へと導いてくれました。

お母さん、還暦おめでとう。今ならわかるよ、お母さんの我慢。

ありがとう。

装　　幀　勝見千恵子

組版・校正　春田　薫

親を考える会　近藤昌平　編
あらためていま 母を想う　Vol.9

2024年2月10日　第1刷発行

編　　者　近藤昌平
発 行 人　上村雅代
発 行 所　株式会社英智舎
〒160-0022
東京都新宿区新宿2丁目12番13号2階
電話　03（6303）1641　FAX　03（6303）1643
ホームページ　https://eichisha.co.jp
発 売 元　株式会社星雲社（共同出版社・流通責任出版社）
印刷・製本　株式会社シナノパブリッシングプレス

在庫、落丁・乱丁については下記までご連絡ください。
03（6303）1641（英智舎代表）

ISBN　978-4-434-33304-0　C0037　130 × 188